The Dark van Gogh
黑人梵谷
A Novel

黑人梵谷

悲傷永續留存。

——梵谷遺言[1]

失落的片段Ⅰ　嚼冰塊的女人

Mei 酒吧

11:38 pm

抬頭一看，發現月亮高懸在朗清夜空，才明白，原來已是夜晚。

路上仍有為數不少的車輛往返著；自高樓往下望，車輛彷彿發亮、迅速移動的彩色火柴盒，唰唰唰地不間斷而行。

這正是都市特色，不論多晚，總不澈底沉睡——猶如生物心臟一般，不能有停止瞬間，否則將面臨死亡——為讓那最偉大的有機體繼續存在，都市也只好二十四小時持續脈動，噗通噗通地……。

一隻罹患皮膚病、全身呈粉紅色的脫毛狗，正懶洋洋躺在消防栓旁。一個領帶已拋往肩膀後方的上班族醉漢經過牠時，因牠身上的酸臭味大為不爽，而猛力踹牠一腳，可憐的脫毛狗哀號一聲，沒命似地溜進黑暗巷弄裡。

而我們的視野順勢跟著脫毛狗進入巷弄，不久後發現裡頭矗立一棟華麗、歐式風格的白色房子；儘管門上掛著一張「營業中」的招牌，大門卻深鎖。然而黃濛燈光從一樓窗口流瀉而出，除了讓這棟房子彷彿進入如油畫一般的浪漫維度外，也顯見裡頭有人。

據說，那就是鼎鼎有名的 Mei 酒吧。

敍述的當下，Mei 酒吧裡僅有三個人。

據了解，每逢星期三，Mei 酒吧不正常營業，取而代之的是「靈媒時刻」，亦即裡頭會有靈媒「問診」，替一些「傷心的人」，尋找他們生命中的「遺失之人」。

很顯然地，那個身穿紫色大衣、頭戴金色遮陽帽，臉上還化濃厚小丑妝的女人就是靈媒。她前方坐著一個看來心神不寧的胖女孩，應就是傷心的人。而櫃檯後方有個單手抱著一隻白色波斯貓、嘴上刁根菸的男孩。從他襯衫上的 Mei 字樣，可知他是這酒吧的服務生。

靈媒瞥眼牆上的貓頭鷹時鐘，張開嘴，以緩慢而清晰的口調，對那身型胖大的女孩說：「這位女作家妳好，人的壽命不到一百年，可證時間珍貴之極，所以我們別再浪費時間，直接告知我，妳來此地的目的吧。」

女作家哽咽一聲，點點頭，說：「我……來這裡是想找一個男生……他是我的男朋友……。」

「好的。」靈媒答道，「請讓我知道他死時年紀、死亡時間和地點，但千萬別透露他的名字，妳知道，在那地方名字未具意義，只會增添誤召機率而已。」

女作家點頭，說：「他死時只有二十一歲，於今年五月八號，死於日落公園裡的落葉湖。」

「怎麼死的？」靈媒又問。

「他被我哥，不，被我家管家用雨傘尖頭刺傷心臟，再被推到湖裡，才慢慢淹死的……。」女作家說到這時，忽哭了起來。

「現在不是哭的時候！」靈媒口氣冰冷地說，「妳有帶他的東西來嗎？」

「有，」女作家鎮定情緒後說，並將手上的鍊子遞給靈媒，「這是我送給他的鍊子。」

「這鍊子對他來說很重要嗎？」靈媒問。

「我想是的。」女作家說。

靈媒將鍊子握入左手，並以右手向服務生招手，說：「阿侑，給我一杯冰可樂，裡面一定要有冰塊哦。」

服務生阿侑點頭，把白色波斯貓放下，移步至吧台。一會後，端上一杯帶冰可樂。

靈媒這時用鼻子深深吸一口氣，接著大聲哈地一聲，便一口氣將可樂喝光，再拿開吸管，把冰塊倒進嘴裡。

她一面嘎啦嘎啦嚼著冰塊，一面說：「這位女作家，我想妳應知道我的規矩吧？但我還是重複一次：我呢，很大牌，非常非常地大牌，整個諮詢只接受一次提問，所以時機到時，請務必備妥妳的問題。」

女作家點點頭。

靈媒吞下冰塊後，閉上雙眼，並揚起右手，接著猶如招財貓一般不斷招手，嘴裡還喃喃唸著。

1

Jake's 咖啡館位在○○捷運站二號出口旁，於二○○○年秋天開幕，截至目前已超過十年歷史。不過更朝換代數次，目前老闆是第四任經營者。

該店面原是一間知名美髮院，因經營不善而倒閉。後來一個叫 Jake 的人承租下來開設 Jake's 咖啡館。不過在第二年，Jake 將咖啡館轉手讓人。原因並非生意不好，而是 Jake 罹癌了，而且是可怕的胰臟癌，就是賈伯斯得的那種有沒有？難以醫治，所以在頂讓後第二週，他死了。後續有兩人接手，同樣門庭若市；其一據傳是個未婚老處女，原是企業女強人的她，因厭倦商場鬥爭而經營咖啡館，後因精神耗弱而自殘身亡，另位則是文青同志，據說是「掉入」捷運軌道，而被輾得身首異處。

幸好仍有第四位勇者接手，我也才有機會繼續當 Jack's 的老主顧。

那晚，我一如往常走進 Jake's 咖啡館，並落坐於我鍾情的角落位置。根據手錶顯示，時間是凌晨的十二點二十八分。

可是那當下，卻沒見著老闆。更奇怪的是，整間咖啡館空蕩無人，且陰陰涼涼的，冷氣也許開得太強了。

「老闆、老闆……。」我輕聲叫喚著。

沒人回應。

我舉起手，用招財貓手勢，繼續輕聲呼喚老闆。

忽然，窗邊傳來幾聲貓叫聲。我轉過頭去，卻在窗外看見一片黑。

當我將頭轉回時，老闆已然站在我面前。身材瘦而精實的他，這晚身穿白色襯衫、灰色短褲，腳上一雙黑色皮質涼鞋，胸前則是一片咖啡色圍裙，臉上當然掛有他的陽光招牌笑容。

「作者先生，今晚能看見你，替你服務，真令我高興。今天一樣是無糖黑咖啡、兩片烤土司跟一片火腿嗎？」他問。

「是的。」我說，「謝謝。」

「火腿跟平常一樣需要烤得微焦嗎？吐司一樣切邊嗎？」他又問。

我點點頭。

「好的，作者先生。」他應道。這時，他打量我一眼，說：「你今天穿得真正式，竟然是紫色西裝啊。」

「是啊。」我說。

「帽子也很別緻，不過，那是遮陽帽吧！晚上戴著遮陽帽，不奇怪嗎？」他又說。

「還好吧。」

「不過，你這頂金色遮陽帽真好看，我喜歡上面那塊三角形，很酷。」他又說。

「謝謝。」

「好的，那麼作者先生，請你稍等一會，我立刻把你的餐點備妥。」說完，他一個轉身，往咖啡吧台走去。

我把筆電包擱在大腿上，取出筆電，擺上桌，開機，然後打開桌面上一個取名叫「Starry Starry Night」的 word 檔。

我邊看著「Starry Starry Night」檔案邊發呆。靈感很難開機即臨，總得花時間等待。一會，我感到無聊，又自電腦包裡，拿出剛從 7-11 買來的報紙。

報紙多半在談無聊的選舉問題，我跳過，接著看到一篇大學校長寫給青年學子的一封信，非常八股無趣，又跳過，接著總算看到一篇引起我興趣的新聞，內容大概在描述非洲烏干達出現一種神祕瞌睡病，病因並不明朗，總之，這病會使孩子昏昏沉沉、不斷打瞌睡。看見「打瞌睡」三個字，不知怎地，我也忽有睡意，只好單手捧著就要沉睡的臉，繼續翻閱新聞，後來又看到一則有趣的新聞標題：

口罩鴛鴦大盜，專門打劫咖啡館……

我打算細讀文章時，老闆端著托盤走了過來，上面置有冒著白煙的黑咖啡、烤土司與火腿。我看一眼火腿，的確烤到我喜歡的程度，吐司也確實切邊。他將托盤擱在我桌上，問：「方便我坐一下嗎？」

「當然。」我露出笑容說。

「作者先生，最近有一陣子沒見你了，」老闆一面落坐我身邊，一面說，「新書尚未完成嗎？」

我聳聳肩，說：「說完成也算完成，說尚未完成也成立，總之，我覺得不太對勁，感覺內容少了點什麼。」

「少了點什麼……。」他重覆道。

「是啊，感覺少了點什麼。」我說。

「是少什麼呢？」他又說。

「我也不知道，事實上，我也正在尋找那些失落片段，但尚未找著，所以一直覺得少了點什麼。」我說。

「原來如此。」他點頭，接著又說：「你願像上次一樣，跟我聊聊故事內容嗎？也許在你說的過程中，可以看見那些失落片段。當然，我知道你很忙，若太打擾的話，也沒關係的。」

「當然不會打擾啦！」我說，「有人願聽我說故事，我都很感激，只是我怕你太忙，萬一有別的客人來的話……。」

「反正已十二點半，」他指著牆上時鐘說，「今天是週四，又下著雨，我想也許不會再有客人了。」

「原來如此。」我說，「那我當然很榮幸再一次跟你分享故事內容了。」

「太好了！」他說，「不過請你稍後，我也去倒杯咖啡，聽你說故事一定得配咖啡才行。」說完，他起身，快步走向吧台，將熱咖啡倒入白色馬克杯後，又返回落坐。

「所以作者先生，」他說，「你的新小說大概是什麼內容呢？」

「一個關於愛情的……。」我說。

「浪漫故事啊？」他搶著說。

「可以這麼說。」我說，「但是，這是一個關於愛情的……謀殺故事。」

「太好啦！我最愛殺人情節啦。」老闆說，「對了，先容我問，這故事是最後才揭曉凶手身分的『埋哏型故事』嗎？」

「也可這麼說吧！」我說。

「酷！」老闆說。

2

有個皮膚黝黑、身材矮胖的女生一面笑、一面說，她胖不是因愛吃，而是她肚子裡有架飛碟，且飛碟裡還有兩位外星人，還是貪吃的外星人，因它們對食物需求無度，成天喊餓，所以她才一直吃、一直吃，把自己給吃胖了……。

這……你相信嗎？

很多人都把這件事當笑話，原因並非天馬行空，而是當她敍述起這件事時，自己也總難掩笑意。但若你說：「哦，原來是個笑話哦……。」她又會搖搖頭，正經八百對你說：「我說的一切屬實，我肚子裡的確有架飛碟哦……。」當她如是說時，大家通常會面露疑惑搔搔頭，但仍能從她的認真神情中，認為她是發自內心相信自己曾吞下飛碟。

愛幻想的她呢，基本上，是個台印混血兒。名字是由她印尼母親取的，所以是個洋名，叫瑪莉，而她本姓羅，大家都稱她為瑪莉羅。

既然是混血兒，瑪莉羅的父親當然不是印尼人。人稱羅老頭的他是台灣○○人，且出身超級富裕，年輕時卻跟父親不合，大學畢業後不願在自家公司工作。為逃避父親的他，接下外派工作，三十歲遠赴印尼雅加達，自此不與父親聯絡。

羅老頭在印尼的第二年，與年僅十八的瑪莉羅母親相識。她在羅老頭的公司擔任女工，身子瘦弱的她家境相當貧困，卻有張令男人疼惜的漂亮臉蛋。兩人後來相愛，甜蜜得簡直讓羅老頭以為自己身處天堂。

交往半年後，兩人結婚，再過半年，瑪莉羅母親懷孕，隨後生下瑪莉羅。

有妻有女的羅老頭當時幸福極了，決定一輩子待在印尼。然而現實卻丟下一顆忽如其來的炸彈，讓瑪莉羅母親尚未來得及過二十歲生日，便與世界道別。

據了解，瑪莉羅母親在結束月子後不久恰好是當地齋節，於是回鄉探望父母，卻傳出身亡消息。她的死亡挺離奇，既非病歿，也非意外，當然也不是自殺。

——「你把所有死法都排除，那她還能怎麼死？」老闆納悶不已。

這問題連羅老頭也不知道，反正瑪莉羅外婆一面哭，一面說：「人就這麼不見啦！」後來他們村裡的人在荒野裡找到一隻尚套著紅色高跟鞋的斷腳。鞋經確認，證實是她的鞋。眾人研判，大概是給毒蛇咬死，又被野狗給吃了。不過令人疑惑的是，屍首其他部分卻完全找不著，像人間蒸發一樣，就連當地警察也納悶不已。

喪偶的哀慟讓羅老頭無力承受，怨天怨地好一陣子的他，無法再待在這個讓他快樂衝上雲端，又痛苦墜入地獄的印尼，最後只好捧著僅裝有愛人斷腳骨的骨灰罈上飛機。然而在通關時卻被海關人員刁難，羅老頭趕忙瞎掰那斷腳骨是塑膠骨，準備帶回給台灣教學醫院使用的，海關當然不信，羅老頭只好私下塞美金兩百元給海關，才得以將僅剩的愛人帶回。

當羅老頭抵台時，瑪莉羅祖父恰好身體有恙，以為羅老頭是因擔心自己才返台，而深受感動，同時又意外得知自己竟已是祖父而開心不已。雙重驚喜下，他的病況更加嚴重，且自認已無遺憾，所以求生意志也逐漸削弱，不久後便與世長辭。羅老頭於是接下衣缽，成為非常忙碌，但超級富有的企業家。

前面提到，瑪莉羅是胖女孩，但她出生時體型極小，據說才二千二百公克左右，且身子十分羸弱，再加上嚴重黃疸，看來像隨時會死去的小猴子一樣。

返台後，羅老頭帶著瑪莉羅奔走各大醫院。但各地醫生都表示瑪莉羅一切正常，不必過分擔憂。可是因喪偶而變得十分神經質的羅老頭，卻老擔心孩子會越來越瘦，最後會如她母親一樣莫名其妙死掉而消失，所以總以加倍份量的食物餵養她。

也許因為吃得太多，瑪莉羅在週歲後，開始像灌氣球一般長大。起初羅老頭很高興，完全未意料到，那竟是夢魘的開始：因為瑪莉羅的「長大」停止不了。就算後來她的食量並不特別大，她仍不斷長大。不過羅老頭倒不在意，他心想，胖無所謂，甚至比較安全，因存在感比別人重，哪天饑荒來時，她也可能存活較久。

所以，我們可愛的瑪莉羅一路長到八十五公斤，而她身高只有一百五十二公分。

儘管自幼失恃，瑪莉羅的成長過程其實不算寂寞，因她還有一個毫無血緣關係、長她十多歲的印尼籍大哥班加多。他的身分事實上是管家，主要工作為照顧瑪莉羅。

說到他的身世，大概也會令人感到離奇吧。

總之，班加多是羅老頭昔日印尼家傭阿蒂的兒子。阿蒂身世坎坷，丈夫在她懷孕期間因工安事件死去，幾年後，自己也發生嚴重車禍。她在死前跟瑪莉羅父母說，她不求他們照顧她兒子，但希望他們能收留他，讓他跟著他們，無論做什麼都好。與阿蒂情同姊妹的瑪莉羅母親當然允諾，儘管不久後她即誕下女兒，仍把班加多視為己出，就連羅老頭也一樣。所以當羅老頭從印尼返台時，也順理成章把他自印尼帶回台灣。

我們之所以特別提到班加多不是因為他的印尼人身分，而是他正是瑪莉羅吞下飛碟的目擊者。

這件事的事發經過，瑪莉羅其實也不明白，畢竟在吞下飛碟時，她只有三歲。

而這故事的來源，以及唯一目擊者，就是班加多。

原來在瑪莉羅三歲時，一日黃昏，班加多與她在家裡附近草地玩耍，兩人手上都捧著一碗鮮奶麥片。

最先是班加多看見天有奇特亮光，接著一台約莫轎車大小的飛碟便從天而降，並在他們面前停下。飛碟不僅像彩虹一樣發著彩色亮光，還不斷咕嚕咕嚕叫，聽來像極了人類餓肚子的聲音。

當時十來歲、滿臉青春痘的班加多儘管驚嚇不已，但立刻鎮定下來，像個專業保鑣一樣，打算帶著只有三歲的瑪莉羅逃跑。可是年幼的瑪莉羅被這色彩繽紛的玩意給迷上了，無論班加多怎麼拉，就是不肯走。

下一秒，飛碟上頭的燈光忽然熄滅，咕嚕聲也驟然停止，更令人意外的是，飛碟竟開始往內塌陷，啪嗒啪嗒逐漸縮小起來。這下子，就連班加多也看傻眼。

大概才二十秒的光景，他們眼前的巨大飛碟竟縮至如蒼蠅一般大小，且一動也不動。

班加多這時屏氣盯著飛碟，擔心飛碟再次啟動進而傷害他們——尤其才三歲瑪莉羅——內心甚有跟它拼命的打算，但瑪莉羅卻因飛碟的聲光刺激消失而感到無聊，開始吃起鮮奶麥片。

沒一會光景，那架如蒼蠅大的飛碟果然再次發亮啟動，並筆直向他們迅速飛去。班加多原打算一把抓下飛碟，誰知飛碟咻一聲閃過，直撞上瑪莉羅額頭，噗通一聲掉進她碗裡。

未看見飛碟掉進碗裡的瑪莉羅，這時用湯匙舀起一匙鮮奶麥片，飛碟恰好也混在其中，結果就這麼被她吞入肚子了。

故事說到這時，班加多就會跟瑪莉羅說：「所以妳知道嗎？妳肚子裡有架飛碟，且裡面有外星人，而它們愛死了人類食物，妳才整天想吃東西然後變胖！」

「班哥哥，」瑪莉羅通常會回問，「這是真的嗎？」

「當然！」

「可是為何我一點印象也沒？」

「當時妳才三歲，沒人記得三歲時的事。」

「所以，」瑪莉羅說，「我之所以胖，是因為我肚子裡面有架飛碟？」

「是啊。」班加多說，「我問妳，妳很餓時，肚子會怎樣？」

「發出咕嚕咕嚕的聲音。」

「那就對啦！」班加多說，「那正是飛碟的聲音，所以證明我說的不是謊言。」

「原來如此……。」瑪莉羅恍然大悟。

「所以妳不用擔心，」班加多說，「未來當飛碟飛走了，妳就會變瘦。」

「那飛碟何時離開呢？」瑪莉羅問。

「別擔心，時間到了，它自然會飛走的。」班加多說。

瑪莉羅很喜歡「她曾吞下飛碟」的故事。

但她不是笨蛋。

她當然知道這是班加多編出來的故事。

不過就像聖誕老人的傳說一樣，瑪莉羅直到國中才明白，原來吞下飛碟的故事是假的。

童年時期的她一直相信自己曾吞下飛碟，所以當有人嘲笑她外貌時，她就談飛碟故事以做反擊。別的小朋友聽到這故事時，都覺得瑪莉羅酷斃了，有些甚至把耳朵貼上瑪莉羅肚子，嚷著要聽飛碟的聲音呢！後來她還加油添醋，說她肚裡的外星人是星際探險者，共有兩位，來訪地球是為了做研究，且都是秉性善良的外星朋友。而它們之所以不離開自己肚子，是因它們尚在研究如何在不傷害她的前提下離開，但目前尚未想出解決辦法就是。

「若它們隨便啟動飛碟，」瑪莉羅睜大雙眼，用誇張手勢跟其他小朋友說，「我也許會像吹破肚皮的青蛙一樣，肚爆而死呢！」

儘管瑪莉羅在國一時就已理解事實，卻也明白班加多編造這故事是為讓自己避免因胖而自卑，所以心細的她知道，若他發覺自己早不信飛碟故事的話，則會傷心，所以一直假裝相信飛碟故事。然而，這並非全為謊言，瑪莉羅內心一直以來都保有一點純真，因此認為自己肚裡真有會說話的外星人，甚至有了跟外星人對話的習慣。但她的理智知道，那只是她內心的一種分裂獨白而已，不過她非理智的部分卻因擁有飛碟，而認為自己酷斃了。

所以，她跟班加多說，希望飛碟不會有飛走的一天。

瑪莉羅因班加多的飛碟故事，對創作產生濃厚興趣，她認為創作不僅可娛人，還能給人正面力量，就如班加多的飛碟故事一樣，給足了她信心與勇氣。但創作談何容易，瑪莉羅就算很能幻想卻一直無法建構出一個完整故事，讓她傷透腦筋。她肚裡的外星人得知後，表示願協助她創作，但條件是，瑪莉羅得供給它們充足食物。這對瑪莉羅而言並不困難，只是它們似乎特別鍾愛垃圾食物，如洋芋片、薯條、炸雞等高熱量食物，讓她稍感困擾就是。

後來在外星人的指導下，她真寫出了第一本小說。

那是一篇愛情故事，內容是一個受盡委屈的貧窮女孩，與貴公子相戀而苦盡甘來的愛情故事，只花瑪莉羅兩個月。

頭號讀者是羅老頭。他讀過後，驚為天人，四處宣揚他家裡出了個超級無敵才女，讓不愛出風頭的瑪莉羅簡直羞愧死了。她其實對自己文筆缺乏自信，但在父親極力勸說下，鼓起勇氣投稿。出乎瑪莉羅意料外，出版社竟錄用。瑪莉羅接到錄取信時，高興得跟羅老頭在客廳跳舞。

三個月後，瑪莉羅的小說上市了。更令瑪莉羅意外的是，她的小說竟上了排行榜。這件事讓瑪莉羅父女倆簡直樂壞了。

羅老頭還因此舉辦了一個超級大派對。

不過在派對隔日，她無意間看見出版社送來的費用單，才明白，原來一切是羅老頭的安排，是羅老頭出資請該間出版社出版她的作品，甚至還請班加多號召一群走路工，奔走各地書店蒐購她的小說，然後隨機送人，對方若拒絕還恩威並施直至對方收下為止呢！

瑪莉羅得知實情後，氣得跟父親和班加多冷戰一個月。

之後，她更加努力寫作，也持續不墜投稿。但不知是運氣差，或實力不夠，至今仍未接獲任何一家出版社的錄取信。

但她不會放棄。因為外星人告訴她，它們總有一天會讓她成為一個成功的小說家。

3

「雨似乎停歇了點……。」老闆望著窗外說。

我也往窗外望去。「是啊，這場雨也下太久了，斷斷續續下個沒停，快一個禮拜了吧？」

「是啊。」老闆應道，「雨天太憂鬱，陰陰濛濛的，總令人心情不好。」

「不一定，有些人喜歡雨水，看到雨水反而高興呢！」我說。

「也許吧。」他點點頭。

我也點點頭。

「欸，你看！」他忽指向窗外。

「怎麼？」我問，也往窗外望去。

「那隻黑貓。」他說。

「黑貓？」我問，「哪來的黑貓？」

「站在窗台外面。」他又說。

我再仔細一瞧，才見到那隻黑貓。一動也不動的牠，看來像個盆栽。「真的耶，一隻黑貓，你養的嗎？」

「不是，我想牠是隻流浪貓。」他說，「牠很奇怪哦，經常不期然現身，每次也都呆立不動，有點可怕。」

「可怕？」我問。

「是啊。」他點點頭，說：「你仔細看，牠像不像一顆人頭？」

我仔細看一眼，說：「有點像，但像人頭也不值得『可怕』啊。」

「我上次以為是鬼咧，差點被嚇死！」他說。

「沒什麼好怕的，況且這世界哪來的鬼？」我說。

「難說呢！」他又說，「對了，我讀過你的所有作品，你似乎從不談超現實的東西呢。」

「是沒錯。」我說，「坦白而言，我很鐵齒，而且懶得談怪力亂神。我覺得一個人若強調自己曾撞鬼或見神，大概都是精神出了問題。」

「我不會奉勸你不要鐵齒，但世界有時滿奇怪的，」他說，「很多事情是解釋不清的。」

「與其說解釋不清，不如說尚未解釋清楚而已。」我說。

「這麼說也有道理。」他說，「不過，我曾遭遇過無法解釋的事哦。」

「怎麼樣的事？」

「總之，很難定義。你要聽嗎？」他說。

「願聞其詳。」

他啜口咖啡，接著以食指撓撓鼻子下方，說：「多年前我還是電子廠業務時，某晚入住新竹〇〇路的一間飯店。當時因工作忙碌，入住時已十點多，後來在十二點左右上床。才睡不久，被一陣噪音吵醒。我睜開雙眼，發現已是白天，同時看見一位約莫三十歲的女人站在我的床邊。我對她的臉印象極深，她不算醜，但面容哀怨極了，彷彿就算開懷大笑也會被認為是強顏歡笑一樣。她身穿白色制服，手拿綠色抹布，正在擦拭桌子。我感覺時間過得太快，於是問她：『已經是退房時間了嗎？』她微笑說：『是啊，你睡得太遲，所以我先進來收拾了，希望你不會介意呢！』我對她搖頭，表示不介意。可是下一刻，她忽收起笑臉，問我：『欸，你喜歡飛翔嗎？』未等我回答，她緊接著說：

『你知道嗎？我好喜歡飛翔哦，但我連續三次參加空服員甄試都敗北。我不想放棄啊，可是我母親說我三十歲了，未來不可能考得上，於是不准我再參加考試，讓我好沮喪哦……。』說到這時，她噘起嘴，又說：『我原本認為失敗是因自己不夠努力，但後來想想，覺得真正原因大概是我不夠漂亮吧，所以一切不是我的錯，也就釋懷了。說也奇怪，一旦釋懷後，我就比較快樂了。』說完，她又露出微笑，並走到窗邊，開始擦拭窗戶。

「我對她說：『妳的想法很好，快樂是最重要的。』她聞言，點點頭，對我報以笑顏。結果就在這時，她打開窗戶，轉身看著我，露出燦笑，說：『那麼，請你也要快樂哦！』說完她就站上窗旁茶几，從窗口一躍而出。我當時可在十八樓呀！她這一跳可把我給嚇慘了。我正打算下床查看之際，才忽然醒了過來，同時領悟到，原來一切只是場夢。但可怕的是，當時仍是半夜，時鐘顯示凌晨一點，而她往下跳的那扇窗竟開著呢……。」

「也許只是場夢，而你忘了關窗而已。」我說。

他點點頭，說：「也許吧！但總過分巧合。此外，那句『你也要快樂哦！』簡直說到我心坎去了，我當時的確很需要那句話。」

「人人都需要那句話吧。」我說。

「是嗎？」

我點點頭。

他這時啜口咖啡。還未將杯子放下時，又以食指指著窗外，說：「你看看窗外，那隻黑貓已不見了。」

我看了一眼，的確不見了。

「也許只是離開而已。」我說。

「牠總來無影去無蹤的。」他說，「像幽靈一樣。」

「你看過幽靈嗎？」我問他。

「沒有。」

「那麼，牠也許就不像個幽靈，畢竟你不曾看過幽靈。」我說。

「這麼說不公平，」他說，「況且，這世界又沒人規定在譬喻前，一定得目擊過所譬喻的對象。」

「這點我倒無法反駁。」我說，「畢竟，我們也沒必要推翻想像力就是。」

這時忽叮咚一聲。一個戴著海綿寶寶黃色口罩、手插在綠色大衣口袋裡的客人走了進來。他看來約三十歲，體格很不錯，高大魁梧的，不過頂上那一頭亂髮，稍稍降低他的氣質。他一進來，望一眼吧台，發現裡頭沒人，旋即轉身。

老闆跟他招手。

「作者先生，」老闆跟我說，「你稍等，我招呼一下客人啊。」說完，他站起身子，快步跑向吧台。

「歡迎光臨！」老闆對那客人說，「請隨便坐。」

那客人環顧四周，接著向我走來，落坐我身邊。他將雙手擱在桌上，雙眼直視前頭，看樣子似乎沒打算將口罩取下。

老闆在吧台拿了菜單後，向他走去，將菜單遞給他，問：「請問，喝點什麼呢？」

那客人並未打開菜單，直接點杯卡布奇諾。老闆應了聲好，接著走向吧台。半晌，咖啡機嘎啦嘎啦響了起來。

一會後，老闆端著卡布奇諾過來，擱在他桌上，說：「請慢用。」

那客人向老闆道謝。

老闆隨即又到我這裡來，喝口咖啡，說：「作者先生，我們繼續吧，剛才你大致談過女主角瑪莉羅的背景，我很好奇她後來發生了什麼事呢！」

「好啊。」我說，然後清清嗓子，又說：「但說到這時，我須先暫停女主角的部分，直接談男主角。」

「沒問題，請繼續吧。」他說。

4

這浪漫故事的男主角，名字很奇怪，叫三木。大多數人會好奇三木這名字的由來，並問：「你哥哥是二木嗎？」或問：「你弟弟是四木嗎？」等諸般無聊問題。從小被問到大的三木簡直恨死了那些問題。

開宗明義地說吧，三木名字跟他出身次序無關，而跟他父親背景有關。據了解，他父親年輕時極為俊俏，且有副好歌喉，甚至還彈得一手好吉他。他十八歲那年差點出唱片，不過後來生了場病，聲音從此沙啞得像隻感冒的鴨子，歌手夢因此破裂；其後，他成為南部一間鋸木場的員工。

一向隨遇而安的他從此愛上木頭，同時也戀上老闆之女。該千金愛他愛得更瘋狂，兩人交往不久後就結婚，婚後不久即生了兒子，也就是我們男主角。不過就算三木老爸埋首於木頭世界，夜深人靜時，仍會懷念歌手夢，而他最喜歡的歌，是李壽全的〈張三的歌〉，因此將自己兒子取名叫「三木」，以紀念他此生之中，最愛的兩樣東西。

那麼，跟女主角瑪莉羅一樣，我們也談談他的背景吧。

說到這時，忽有人打岔，原來是剛抵達的海綿寶寶口罩男。

「還需什麼服務嗎？」老闆笑臉迎人地問。

「沒什麼，」口罩男說，接著轉頭看我，「我剛才聽見你似乎在說故事，不知我是否有這榮幸一起聆聽？」

我露出笑容：「當然可以。」

「你前面這位先生可是小說家呢！」老闆說。

「小說家？」口罩男感到驚奇，並看著我，問：「請教大名……？」

「他就是鼎鼎大名的——」老闆說。

「還是別說吧！」我說，「我只是一介文字匠，請稱呼我為作者先生即可。」

「他只是自謙而已。」老闆看著我說，嘴角微上揚。

「可是前面你未聽到，」我說，「需我重說嗎？」

口罩男不置可否。

「作者先生，讓我來跟他說吧。」老闆看著我說，「你休息一會吧。」語罷，他即轉身開始跟口罩男說明故事前段。

我點頭，然後拿起報紙，打開，把剛才只讀到標題的那篇新聞讀畢。

稍後，口罩男微微掀開口罩，啜口卡布奇諾，又將口罩拉回，對我說：「我已大致理解前面，那麼作者先生，請繼續你的故事吧。」

「不過恕我冒昧，你不打算拿下口罩嗎？」我問。

他搖搖頭，說：「我之所以戴口罩，是有原因的。」

「原因？」老闆說，「你感冒嗎？」

他又搖搖頭，說：「我目前不能說，不過也許後來，你們就會明白。」

「哇，就連你也埋哏？」老闆笑著說，「這下可有意思了。」

三木自小就是個與眾不同的小孩。

他兒時的樣貌可謂殊形詭狀：頭髮是紅褐色的，一直到十歲，才漸漸變黑；此外，他的臉又小又尖，雙眼又特別巨大，看來十分不對稱，像外星人一樣。正因如此，別的小朋友都不願跟他玩，所以三木的童年，很大部分是獨處的。

此外，他的家庭極不安寧。

前面提過，三木老爸是極具魅力的超級大帥哥，然而，也是個花心大少，因此外遇連連。年紀比三木老爸大上五歲的三木老媽因缺乏安全感，成天就是跟他吵架。

因家裡鎮日鬧轟轟，又缺少玩伴，我們的三木因此有了假裝自己是一根木頭的習慣。他經常站在他家玄關，面對著粉刷成白色的牆壁，文風也不動。有時無論他老媽怎麼喊，他就是不動聲色，她還得將他拖進家裡才行。

三木雖習慣獨處，內心仍渴望友情。找不到人類朋友的他，於是尋求其他生物慰藉。如他第一個朋友是在路上撿到的，一只翅膀殘破的蟬。三木將它帶回家，並命名小東。

三木認為小東看來根本是塑膠玩具，卻擁有生命，使得他對生命的存在形態感到驚奇。此外，他覺得小東的鳴叫聲很有趣，像樂器一樣，所以把它放在耳際搖來晃去。但不久後，他感到手痠，且不斷鳴叫的小東也讓他煩躁起來。他希望小東能稍事休息，於是將它擱上桌，並以直立食指擺在嘴前，對著小東噓老半天。

可是小東仍鳴叫著，甚至越叫越大聲，像在嘲笑他。

一股憤怒在三木內心浮現。他悄悄拿下父親書櫃裡的一本吉他樂譜，接著砰地一聲砸了下去。

四周瞬間安靜下來，三木總算鬆了口氣。

他將吉他樂譜移開後，看見底下被砸爛的小東屍體，若有所思地皺起眉頭。這是他第一次領悟所謂的「死亡」。

也許這「死亡與安靜」的絕對關係，讓三木對死亡產生興趣，於是，他開始研究如何有趣地結束小動物的生命。好比他會拿空奶粉罐子，裝滿冷水後，將從水溝裡捕來的青蛙、小蝦或者大肚魚，置入罐子裡，再將冷水慢慢煮沸，他喜歡觀察小動物漸漸邁入死亡的恐懼感；或者他喜歡拿小刀，慢慢切割蟑螂、螳螂，或蜘蛛，並記錄這些小動物的死去時間；他甚至有一本記事本，上頭清楚載明各種生物步入死亡所耗費的時間。

——「另類的死亡筆記本嗎？」老闆笑著說。

但有一天，他忽發現自己好殘酷，甚至覺得自己天性裡，有種變態特質。這種特質，他認為，並非自己獨有，而是一種人類天性，在孩童時期始顯現。他認為這種特質並不會因年紀增長而消失，大部分成人只是換種方式，以合法的包裝繼續自己的變態罷了。

但三木不想這樣。

因此六歲的他決定，自己必須長大，所以將右耳給割了。

對他而言，割除右耳是一種補償，他須為自己的過錯懺悔，彌補自己曾經的殘忍。

割除右耳那天正下著大雷雨，在豪華八樓公寓客廳的三木，看著雨水從窗外直往下墜，再加上遠處傳來的悶悶雷聲，讓三木一度以為下雨是無數個對世界感到絕望的小小人類，不斷地從天空往下跳。

忽然間，他搔搔鼻子，彷彿想起什麼一般，往桌子走去，把擱在蘋果旁的紅色水果刀拿起。

他左手一把攫住右耳，不假思索地將自己右耳割下，再面無表情走回窗邊，打開窗戶，將右耳往窗外一扔。

幾秒後，他看見自己的耳朵落在一台正駛著的黃色垃圾車上。

他當然不曉得垃圾車將開往何處，不過他很高興自己不曉得就是。

滿臉是血的他，走進他老媽房間。正在梳髮的他老媽見狀，大叫一聲，並衝向兒子，雙手抓住他肩膀，邊猛搖，邊問道：「你怎麼了？你怎麼了？」

三木默不吭聲，但血液一直從他右臉滴落，彷彿右耳處有個水龍頭未關緊一樣。

三木老媽趕緊將他抱起，往醫院疾奔而去。

三木在醫院時同樣一語未發，所以沒人知道斷耳被垃圾車載走了，醫生也無法創造新耳朵，我們的三木就這樣成了一個缺了右耳的人。

在割除耳朵後不久，三木家裡有了喜事。

原來是他老媽懷孕了。

三木一開始不理解懷孕的意義，母親那一天比一天大的肚子，對他而言就像炸彈，總有一日會爆炸，令他害怕極了，甚至不敢靠近她。

不過幾個月後，出乎三木意料外，他老媽竟未爆炸，且順利產下一子。我們的三木因此有了個弟弟。這回名字由他老媽來取，叫朗朗。

朗朗出生時，簡直把眾人給嚇壞了：他膚色非常黑，頭髮也十分卷，如同黑人一般。

眾人都說，肯定是三木老媽偷人，才生下一個黑人兒子。

三木老媽原以為他老爸會介意，試圖跟他解釋。可是出乎她意料外，三木老爸向她表示，他絕對相信她。事實上，三木老爸根本不介意他老媽是否偷腥，反正他也在外頭拈花惹草。他只覺得擁有一個黑人兒子太有意思了，所以對朗朗疼愛有加。

三木原本對弟弟難以接受，並非吃醋，他覺得弟弟太小、太黑，又太軟，像隻無毛的大型黑色毛毛蟲，令他感到噁心。可是後來他逐漸喜歡弟弟，尤其喜歡他那咯咯笑聲，讓他想起初次聽見小東鳴叫時的驚喜。此外，三木愛死了朗朗身上的奶香味。

一日，三木老媽在浴室替他們洗澡。正當他們坐在滿是水的浴缸裡時，電話響了，三木老媽將朗朗抱出，並也要三木跨出浴缸。

「等我回來才能進浴缸哦！」三木老媽對他們說，接著又轉頭對三木說，「你們都不准動哦，就像你平常看牆壁一樣，而且你要看著弟弟哦，知道嗎？」

三木點點頭。

說完，她便離開浴室，往客廳走去。

三木老媽離開後，三木很乖，的確文風不動。朗朗卻不聽話，不但爬上擺放沐浴乳的地方，還把沐浴乳擠得到處都是，並發出咯咯笑聲。三木也跟著笑。

可是下一刻，朗朗不慎踩著沐浴乳，滑了一跤，不僅頭撞到牆壁，也跌入浴缸。嘩啦一聲，水噴得三木一身。

電話是三木外婆打來的，三木老媽一聽見母親聲音，便開始抱怨丈夫不是，花了近二十分鐘。掛上電話後，還坐在沙發上哭十分鐘。後來才想起自己孩子還在浴室裡，趕緊起身，往浴室走去，一面喊著三木。

可是無人回應。

當她打開浴室的門，看見三木靜靜地蹲在浴缸上，低頭看著水面。

「三木，你在看什麼？」她問，「朗朗呢？」

三木沉默。

她走近浴缸，看見小兒子屍體在浴缸裡載浮載沉，像個玩具一樣，不禁尖叫起來。

朗朗並非溺死，而是猝死，法醫解剖屍體時，發現他患有嚴重先天性心臟病，那同時也是他皮膚黝黑的原因。

三母老媽後來一直逼問三木，為何在朗朗掉入浴缸時，他不救他，也不出來喚她。

三木不知如何回應，只好假裝自己是一根木頭。

無助的她忍不住哭了起來。

三木見狀，覺得老媽哭起來好醜，哭聲也超難聽。他不希望老媽繼續哭，所以只好露出笑容，以讓他老媽知道笑至少比哭好看。

但三木的笑卻嚇得他老媽忘了哭泣，並跑到床上，以棉被蓋頭，不斷發抖。她一度覺得自己兒子是惡魔。

三木卻以為自己的方法奏效，於是持續笑了一整天，笑得臉都僵硬了。

就這樣，三木老媽開始懷疑是自己大兒子殺害了小兒子，再加上三木總不說話，及他割除右耳的歷史，她對他的恐懼越來越深。在此同時，他老爸依然外遇連連，甚至有第三者致電跟她嗆聲，企圖逼迫她與丈夫離婚。

她的精神因此出問題：她開始認為，他父子倆打算聯手毀了她。

於是一晚，她打算先下手為強，在當晚晚餐的魚頭湯裡，混入有魚腥味的有機磷農藥。

兩父子渾然不知，三木父親甚至誇魚頭湯好喝極了。最後父親死亡，而三木重傷，幸好最後救回一命。

她在下手後，即消失匿跡。

數日後才被警方發現在一處廢棄工廠裡，但已上吊身亡多時。

父母雙亡後，三木到了阿姨家住。

他阿姨是個聰慧女人，且是〇〇國立大學的法文系教授，而他姨丈則是他阿姨的同事，跟她一樣優秀。未有兒女的他們將三木視為己出，三木也可感受到他們的真心呵護。高中畢業後，三木十足爭氣地考上阿姨和姨丈所任教的大學法文系，當上他們學生。總的來說，三木後面這十多年的生活十分順遂，而他阿姨和姨丈兩人，無論性情或生活型態，也正常得令人厭煩，所以不必細說。

5

三木之所以成為藝術家，是因一個神祕夢境。

大三的他頭好壯壯，經常在半夜因餓肚子而醒來，所以養成睡前喝杯熱鮮奶的習慣。

那晚，他一如往常，坐在床沿上，喝著鮮奶。忽然，房門被打開，一個身材壯碩、渾身肌肉的黑人走了進來，並落坐三木身旁。三木發現黑人手上抓著一把色彩繽紛、看來像M&M's巧克力的糖果。

「在喝鮮奶？」黑人問三木，接著拋數顆糖果進嘴巴，其中一顆彈到牙齒，噗通一聲掉進三木杯子裡。

三木點頭。

黑人一面嘎啦嘎啦嚼著糖果，一面問：「你知道我是誰嗎？」

三木搖搖頭，然後眨眼。

在這眨眼瞬間，三木感覺一陣電流穿過身體，接著發現自己並非身處房間，而是在舊時代的歐洲街頭。四周一片白皓皓雪景，對街屋宇的煙囪正冒著煙。門前有個身穿紅衣、臉上化著哭泣小丑妝的黑人小朋友正在堆雪球。三木發現那小孩與朗朗有點相像。

三木與黑人此刻背靠牆坐在雪地上，兩人身上裝束完全一樣：身穿鑲金邊的深藍色外衣，腰繫淡藍色腰帶，下身紅裙，腳穿白襪與黑鞋，頭上則戴紅色帽子[2]。幾個身穿厚重、色彩艷麗大衣的黑人正在他們面前交錯行走著。他們跟那孩子一樣，臉上都化著哭泣小丑妝。

三木這時感到冷，不由得打個冷顫。

「你你……是是……誰？」三木數秒後才問黑人。

「你說話幹嘛結結結……巴……巴？」黑人問。

「你你……別別笑我我……，」三木說，「我我……以以前前因意意外外才才變成這樣……你你……如如果果笑笑我我，我就就不跟你你說話話……你你到底是是誰誰？」

「我是文生．梵谷。」黑人說，又嚼起那看來像M&M's巧克力的糖果。

「蛤？」三木不解。

「我說我是文生．梵谷。」

「蛤？」三木重複道。

黑人梵谷

「我說我他媽是文生．梵谷！」黑人這次用吼的。

三木搔搔頭，問：「可可……是，你你……怎怎……麼會會……是黑人？」

「我是黑人？」黑人問，表情納悶。

三木揉揉眼，再仔細看一次，才發現他的確不是黑人，而是白人。說白人也不太真切，具體來說，他是一幅油畫，還身穿一件綠色大衣，頭戴一頂藍色帽子，右邊面頰上還綁著繃帶。[3]這時三木聽見音樂聲，那是Don McLean的〈Starry Starry Night〉。

「你你……為什什……麼割了你你的……耳朵？」三木問。

油畫梵谷聳聳肩，似乎不打算回答。他拿下嘴裡刁著的菸斗，遞給三木。

三木接下菸斗。油畫梵谷又遞給他打火機。三木點燃，抽了一口，問：「你也也……要抽抽……嗎？」

「算了吧！我怕自己會著火，你知道，我以前在礦區待過，火很危險的。」油畫梵谷說。

三木抽口菸斗。

「那你呢？你為何割掉右耳？」油畫梵谷也問。

三木也聳聳肩，也不打算回答，接著將菸斗移到油畫梵谷面前，說：「別別……怕，我我……幫你拿著，火其其……實也沒沒……那那……麼可怕……。」

油畫梵谷面露感激之意，從畫架傾身而出，深深抽一口菸斗後，將煙霧吐出，說：「真舒服呀……。」

在這時，又一股電流穿過三木身體。三木發現自己身處一片草原，整個環境包括天空都變成橘紅色，前端有一座黑塔，月亮高掛在天空[4]。

「對對……了，你你……找我我……什麼事？」三木說。

「其實呃……好像沒什麼重要的事。」油畫梵谷無謂地說。

三木點點頭，說：「那那……你什麼時時……候要要……離開？你你……知道，現現……在很很……晚了，我我……得睡了，我明明明……天還要上上……課……。」

「對了，我得告訴你，」油畫梵谷說，「你是一個極具天分的藝術家，千萬不要浪費你的天分。」

「我……我？藝……術術……家？」三木感到不解。

「是的，請你相信我。」油畫梵谷說，「你是一個畫家。」

「可……是……我不不……曾畫過過……圖……。」三木說。

「傻孩子，藝術是不用學習的。」油畫梵谷說。

三木持續不解的神情。

油畫梵谷這時伸出手，上面置有一個裝著顏料的碗，說：「請拿下碗，並潑灑吧。」

三木照做。

他看見潑灑出去的顏料遠比他碗中容量來得多，那些顏料迅速往橘紅色夜空飄去，接著一顆顆匯聚起來，最後恍若無數顆彩色星星一般。

他不禁讚嘆道：「這這……實在在……太太美了……！」

半晌，三木發現自己又坐在床畔，四周都是鮮奶。

那夢境讓三木做了重大決定，他用手機錄段視訊，寄給他阿姨同時CC他姨丈。視訊裡的他僅簡單跟他們表示，自己受感召，所以必須去流浪，且一輩子不會再見他們。

「就就……是如如……此，」視訊裡叼著一根菸的他搔搔鼻子說，「所所……以掰掰……了……。」

三木的阿姨跟姨丈接到信後急忙趕回家，卻發現三木已然不在。衣櫃裡只剩幾件大衣跟短褲，而床頭上那只貓頭鷹存錢筒也被打破了。皺起眉的兩人四目相覷，臉上神情就像在電梯裡嗅見屁味一樣。

三木離家後，暫寓市區一間小套房，根據他的說法，那是他的「藝術屋」。他套房擺設極其簡單，一張單人床，兩張上頭置有坐墊的木椅子，一張顏色跟椅子相仿的木桌子，上頭擱有水壺、咖啡壺，及數包黃色包裝的M&M's巧克力。牆上掛有一面鏡子，一幅風景畫，另一邊掛有兩張他自己畫的人物像，主角可能是街上任何人；桌子後方則有一扇可對開的窗戶。基本上，他房內擺設完全仿照梵谷的〈在阿爾的臥室〉。

既然受梵谷感召，三木也理應如此成了畫家。

或許人真有所謂天分吧，儘管三木過去未曾接受任何繪畫訓練，但只要他一拿起畫筆，就能畫出像樣幾分的畫來。

三木舒服地渡過了幾個月畫家生活。不僅從早畫到晚，還經常因興致太高而并日而食。此外，他因忙於畫圖而疏於打理面容，當他在浴室鏡子裡，看見長頭髮的自己時，覺得很有藝術感，索性留起長髮。

三木對藝術家生活感到滿意，認為自己可一輩子畫下去。然而我們都知道，現實像個婊子，從不禮遇人，對像三木這樣的浪漫藝術家也不例外。儘管三木帶走貓頭鷹存錢筒裡從小儲蓄的錢，但那些錢在幾個月內就已耗用殆盡。就算三木畫圖時常忘記吃飯，但人總沒辦法一直餓肚子吧？

此外，三木曾讀過數本關於梵谷生平的書，得知梵谷生前曾旅居歐洲數國。他未來也想效法他偶像，但地點並非歐洲，他認為夢境裡的梵谷既以黑人形象顯現，應去非洲才對。他甚至買下一幅非洲地圖，上頭用麥克筆畫上未來行程圖。

只不過，無論吃飯或旅行都得花錢，三木也只好想辦法賺錢。

但除了畫圖外什麼也不會的他，只好當起街頭畫家。

但一開始，三木根本無法靠速寫維生。並非他畫得不好，而是太奇怪了。也許受黑人梵谷的夢境影響，三木總把客人膚色畫得很黑，其實應說，他總把客人畫成黑人——無論客人本是黃人或白人。此外，三木也從不按牌理出牌，例如他曾把一個捧著鮮花的粉紅色洋裝少女畫成裸體捧著大筆鈔票，或年輕小夥子畫成躺在棺木裡的人，也曾把瘦子畫成大胖子，矮子畫成高個，或男人畫成女人等。

幾乎所有客人都無法接受三木的作品風格，因此拒絕付款，幾度甚至有人在接到圖後，憤怒得差點揍三木。

一日，一個臉上戴著藍色粗框眼鏡、外貌有書卷氣息的男人請三木替自己速寫。他正襟危坐，滿心期待。三十分鐘後，卻被三木畫成一個手撐鮮黃色雨傘、男扮女裝的男黑人，臉上不僅化著大濃妝，還帶有一抹陰險神情。

該畫十分荒謬，本人卻絲毫不生氣，甚至覺得三木的畫風很有意思，接到畫後足足笑了十分鐘之久。

他那次大笑猶如帶有魔力一般，敲通了人們對三木作品的喜好神經。漸漸地，眾人都覺得被畫成黑人是一件有趣的事，也很能接受不一樣的自己，所以三木的生意越來越好，甚至還應接不暇呢！

6

口罩男這時表示自己得上廁所，我只好暫停故事。剛好，我也口渴，可稍事休息。

期間，我問老闆對這故事的感覺，他說談感覺太早，畢竟故事尚未進入主軸。他又說，不過可感受到故事的特殊氣氛，似乎有點黑色荒謬劇的感覺。

「到目前為止，我覺得還算吸引我，」他說，「若這是一本書，至少我還沒打算放下。」

我露出笑容。「那還真是謝謝你了。」

「對了，」老闆說，邊站起身子，「作者先生，你等我一下。」說完往室內走去。稍後，我聽見音響傳出 Don McLean 的〈Starry Starry Night〉。

老闆從室內返回，說：「這首歌我剛好有呢！」

我閉上眼睛，聆聽這首歌的旋律。老闆落坐後，開始輕聲唱起這首歌。

不久後，口罩男便返回，並告訴我們，他剛在廁所接到他老婆電話。他告訴她，自己正在咖啡館聆聽一個小說家說故事。他老婆聞言，很感興趣。

「所以小說家先生，」口罩男說，「方便再加一個聽眾嗎？」

「當然好啊。」我說。

「不過她何時到呢？」老闆問。

「很快會抵達。」口罩男回答。

「希望能快點，」老闆說，「可別讓我們作者先生等太久了。」

「沒關係的。」我說。

「其實是我迫不及待啦！」老闆說。

我們三人笑了。

口罩男稍翻開口罩，喝口卡布奇諾後，問我：「小說家先生，你知道嗎？我老婆對寫作也很有興趣。」

「哦？」我問，「她寫哪方面的？」

口罩男搔搔頭，說：「她寫臉書，紀錄一些生活瑣事，特別是我們去了哪裡玩、吃了什麼等等的。」

「類似散文嗎？」我問。

「說不上散文吧，大概只能稱雜文。」他說。

「其實我也喜歡寫作。」老闆也說。

「真的？」我感到訝異，說：「認識你這麼久了，從沒聽你說過。」

「在真正的小說家面前，我哪敢提！」他說。

「別這麼說，寫作並無門檻，想寫就寫啊。」我說，「對了，你寫些什麼呢？」

「其實我也寫小說，」老闆害羞地說，「但寫得很差……。」

「哦？」我問，「哪方面的小說？」

「我不好意思說啦，而且都是很久以前的事了！」老闆搔搔頭。

口罩男咦了一聲，說：「厚，該不會是情色小說吧？」

「才不是呢！」老闆說。

這時，又傳來叮咚一聲。一個手提白色包包、身穿綠色洋裝，臉上同樣戴著口罩的女人走了進來。她一進門便忙著整理她那把鮮黃色的傘。她的傘上裝有可收束的塑膠雨套，只見她嘩啦一聲將雨套拉起，傘即像套上保險套一樣，滴．水．不．漏。

「在這裡！」口罩男喊她。

綠色洋裝的口罩女向我們走來。當她靠近我們時，我才發現她臉上戴的口罩跟口罩男的十分類似，同樣是黃色，只不過她臉上的圖案是派大星。此外，她的腹部凸出，看來像懷孕。

「這位也戴著口罩的，就是我老婆。」口罩男跟我們介紹。

「真不好意思，讓你們久候了。」口罩女說，「剛我老公跟我說，您，」說到這時，她轉頭看我，「……在說故事，很難得遇見真正的小說家，所以趕緊過來了。」

「千萬別用『您』字，」我說，「我受不起的。」

眾人笑了。

「雨下得很大嗎？」我問口罩女。

「很大呢！」她說，「我剛自SOGO過來，在計程車上時，感覺像在洗車隧道裡一樣。」

「啊是有這麼誇張哦？」口罩男問。

「就是有！」口罩女轉頭對丈夫說。但奇怪的是，她身上包括雨傘，卻一滴水也沒有。

「怎麼，妳也戴口罩？」老闆說，「也埋哏嗎？」

「哏？」口罩女問，「你指我懷孕嗎？是啊，我懷孕了，六個月啦！」

「不是啦！老闆並非此意，」口罩男說，接著對老闆說：「沒錯，我老婆的確也埋哏，且跟我共用一個哏。」說完，他站起身子，雙手成杯狀，在口罩女耳邊細語。口罩女恍然大悟，說：「對對對，我們的確埋哏！」

「哦？那更有意思了。」老闆說，「那你們打算何時揭曉哏呢？」

「見機行事吧。」他們異口同聲答道。

「對了，妳懷孕了，還是趕緊坐下吧。」老闆對口罩女說。

口罩女點點頭，落坐口罩男對面。

「剛才口罩男跟妳聊過前面劇情了吧？」老闆問。

口罩女點點頭，說：「我大致理解了。」

「妳喝點什麼嗎？」老闆問口罩女。

「不用了。」口罩女說。

「妳挺著大肚子，我還是幫妳倒杯鮮奶吧，放心，今天我招待。」老闆說，接著起身，快步走向吧台，倒杯鮮奶後，迅速返回。

老闆將鮮奶擺上口罩女面前，一面說：「那麼作者先生，我們繼續故事吧。」

故事在這時，我們已認識我們的男女主角三木與瑪莉羅，也知道前者是畫家，後者是小説家，接下來，我們當然得談他們的相識過程。不過在這裡，我們得先從三木的一對「老朋友」談起。

三木遇到瑪莉羅那天並未發生天雷勾動地火之情事，反而一如往常正常。

三木一樣在早上七點起床，吃了一份自己做的培根三明治，以及特調的番薯奶茶後，就到街道上準備替行人速寫。

不過那天因非假日，街道上幾乎不見行人蹤跡，更別說有客人上門了。三木只好在路邊呆站著，一面吃著M&M's巧克力。

不知過多久，一對老夫婦來到三木攤位前。老先生身穿白色襯衫搭配黑色吊帶卡其褲，老太太也穿白色襯衫，下身則是藍色裙子；兩人年事雖高，卻十分可愛，若再揹上書包，就像一對超齡小學生了。

老夫婦覺得三木畫架旁的那些梵谷複製畫很有意思，於是跟三木攀談起來。當他們得知那些複製畫全出自三木之手，兩人都大感訝異，並稱讚三木真是了不起。不習慣受人稱讚的他，只好又假裝自己是根木頭，並露出不知所措的笑容。

老夫婦隨即請三木替他倆速寫。

三木欣然允諾。

起先老夫婦不知擺什麼姿勢好，於是向三木徵詢意見。三木說：

「什什……麼姿勢都都……好，反反……正我我……是靠感感……覺畫圖……。」

老夫婦點頭，落坐路旁長椅，看著遠處建築物。三木認真看著兩人，歪了一下頭，隨即又端正，接著便開始畫圖。

大概半小時光景，圖便畫好。三木將畫拿下，遞給老夫婦。

接過圖的老先生看了圖後忽大笑，老太太探頭過去，也不禁掩嘴而笑。

他們笑的原因當然是，自己竟成黑人。不過除了變黑人外，那張畫大致正常，但有個奇怪的地方，就是畫中老太太的笑容裡，竟有淚痕。

老太太也注意到這點，於是向三木詢問。三木聳聳肩，表示他畫圖全靠直覺，無法解釋畫中一切。老夫妻聞言，面露笑容，他們認為真正的藝術大概無從解釋，所以不再追問。

不久後，老夫婦的座車抵達。

上車之際，老先生彷彿想到什麼一樣，忽向三木要電話，並表示也許未來還有機會再請他速寫。

三木雖覺意外，但也沒拒絕理由就是，於是將電話給了老先生。

老夫婦離開後，已近午後三點。三木吃過自己做的肉鬆飯糰後，原打算回去休息，後來看時間尚早，於是前往他最喜歡的日落公園。

日落公園非常漂亮，綠色基調下，大自然神情顯得十分神氣。公園裡還有一汪明媚湖泊，因常有落葉飄落其上，故被稱作「落葉湖」。據傳，落葉湖偶會發出陣陣清香，此為落葉湖之神祕特性；但並非人人可聞見，有人天天在落葉湖畔溜達也未曾聞過，也有人才來一次，便有幸聞見；此外，湖面發出清香的原因無人知曉，曾有科學團隊來此地企圖找出原因，仍無功折返。

然而美麗的落葉湖卻有嚇人的別稱，叫「水鬼湖」。十年來，已超過二十人於該湖溺死。於是有人說，若嗅見落葉湖的香味時，得趕緊拔腿離開，因那香味是湖裡水鬼所發出來的，是一種死亡預告。他們說水鬼是這樣放出香氣的：祂們會像魚一般，一字排列在水面下，嘴一張一合吹出香氣。據目擊者所言（當然他們很有可能是鬼扯），那景象極嚇人，那群水鬼不但有張面無表情的死人白臉，還會用心電感應方式召喚人，讓人不自覺跌入水裡而淹死。但也有人說大可不必離開，因不論逃到哪去，總會死的。

三木老早就聽聞那傳說，但一點也不在意。他認為世界是單一環境，除了現存生命存在外，並無其他存在；況且他認為，若真有鬼，他們未必得大費周章抓人類進入鬼的世界，畢竟人類世界已夠苦、夠糟了，應由人類抓鬼進入人類世界才對。他所以不信鬼，完全是因邏輯不對。

他抵達落葉湖畔時，已近黃昏。湖面風光美不勝收，令三木感動不已，於是興起寫生念頭。他在湖畔選了一個好位置，再從手提包裡拿出畫架，架好後，放上一張Ａ２大小畫紙。他一面注視著湖景，一面猶如一個正在取景的攝影師一般，煞有介事比畫一陣子後，開始施展畫功。

結束寫生後不久，他接到一通電話。

對方是美華，她又如平日一樣，邀三木到她工作的卡夫卡咖啡館喝免錢咖啡。

三木抵達卡夫卡咖啡館時，大概已晚上八點。

卡夫卡咖啡館是一間特殊的咖啡館，不僅賣咖啡，也賣酒，所以這間店的正確名稱應叫「卡夫卡咖啡館．酒吧」，但為簡化，這裡還是稱「卡夫卡咖啡館」吧。

館內看來黃濛濛的，抬頭一看，才明白原來天花板有三盞別具特色的黃燈。中央有張撞球桌，幾個身穿西裝的黑人正在打球，一面牆上掛有一幅看來像「坐在椅子上的男人」的人物畫。櫃檯緊鄰後方牆壁，桌上擺有一盆花，櫃檯上方則掛有一面大鐘[5]。裡頭連同打球的客人共有六位，全是黑人。

卡夫卡咖啡館最吸引三木的一點，是裡頭的安靜氣氛。也許因僅剩一隻耳朵的緣故，三木很怕吵，尤其害怕大聲喧嘩的醉客，他認為他們是典型的敗類。此外，卡夫卡咖啡館的裝潢別具特色，不如一般咖啡館具有濃厚商業氣息，卡夫卡咖啡館走的是性格藝術路線，裡頭不單有藝術雕像，牆上也掛有許多梵谷名畫的複製品。事實上，那些畫皆出自三木之手。

當晚他走進咖啡館時，小小舞台上有個身穿白色洋裝的彈琴女子，正演唱著〈Starry Starry Night〉。該女子的迷人嗓音與輕柔、舒服的鋼琴聲，讓這並不寬敞的咖啡館充沛著淡淡的浪漫哀愁感。此外，天花板被燈光照射得好似繁星點點，置身期間，宛然走入梵谷的〈繁星夜〉。

三木舉目四望，目光鎖定角落位置時，恰好一個胖女孩從他身邊經過，直往他打算坐的位置走去。那胖女孩身穿一襲看來昂貴的桃色洋裝，身上掛滿 bling bling 的飾品，看來十分貴氣。

這時，我們才發現，原來那胖女孩不是別人，正是我們可愛的瑪莉羅。
於是，在這當下，我們的男女主角總算 bling bling 碰頭了。

7

「大家都還記得吧？我們的女主角瑪莉羅是個小說家。為滿足一般人對小說家的浪漫印象，我們的瑪莉羅當然不是打扮邋遢的宅女作家，而是一個天天往咖啡館跑的浪漫小說家。但較特殊的是，她每天都跑不一樣的咖啡館；她曾向班加多表示，自己無法一直待在同一間咖啡館。至於原因？她對班加多說，她肚裡的外星人討厭一成不變，若她不換咖啡館，讓它們時時嚐鮮，它們則不提供靈感；若無它們的靈感，她則寫不出任何故事了。」

遇見三木的那晚，瑪莉羅因羅老頭打算再婚的事，心情糟透了。

瑪莉羅的準新媽是一位叫雅仁的輕熟女，年紀相當輕，才長瑪莉羅九歲，卻小羅老頭近二十四歲！其實在妻子死後，羅老頭陸續交過幾個女朋

友，但每次都無疾而終。他老認為接近自己的女人都別具目的。不過真正原因大概是自己的疑心病吧！但這次跟雅仁顯然來真的，羅老頭甚至已經決定不久後，將要把她娶回家。

瑪莉羅儘管並未表明反對立場，但對父親操之過急的態度感到憂心不已，因為他們交往才不到三個月。

雅仁事實上是瑪莉羅大學同學的親姊，她雖與那同學不熟，卻曾聽聞過她一拖拉庫的風流韻事。過去男生之間還私下叫她「公車小姐」咧！雅仁本身的記錄也不惶多讓，這次她若跟羅老頭結婚，已是她第四次婚姻了。

瑪莉羅認為有其妹必有其姊，且離婚多次，肯定有問題。所以當羅老頭告訴瑪莉羅，雅仁是他所見過最單純的女人時，她卻嗤之以鼻。這麼說不代表瑪莉羅討厭雅仁。事實上，瑪莉羅很高興父親有人陪伴，只不過她這年紀已不再需要新媽就是；此外，她希望父親再深入了解雅仁一點比較好。

那晚正是羅老頭向瑪莉羅宣布自己打算再婚的那天。

心情極差的她坐在由班加多駕駛的捷豹上，打算找一間她喜歡的咖啡館好好寫作。但繞許久，一直未能看見理想的咖啡館。

正當兩人打算放棄之際，瑪莉羅接到一通電話。

電話那頭是瑪莉羅的編輯好友阿杉。

——「阿杉？阿杉是誰？我不認識他耶！」口罩女說。

——「是新角色啦，老婆，妳別打斷，讓小說家好好說故事吧！」口罩男說。

阿杉除了是瑪莉羅的編輯外，也是她無話不談的好朋友，兩人在大學時代就已認識。

他正巧約瑪莉羅到卡夫卡咖啡館聚聚，討論瑪莉羅上個月給他的書稿《星星知道我們的愛情》。阿杉對文學有無比熱情，最大願望是做出一本可留傳後世的經典小說。他一直認為瑪莉羅非常有潛力，所以不斷鼓勵瑪莉羅繼續寫作。

當他們抵達卡夫卡咖啡館時，班加多先將捷豹停下，讓瑪莉羅下車，自己才到附近停車場停車。班加多通常不參加瑪莉羅的任何聚會，原因其一，是自己的印尼人身分讓他有格格不入的感覺，另一原因是，他其實除了瑪莉羅一家人外，其他台灣人都不喜歡。

瑪莉羅進入卡夫卡咖啡館時，未見著阿杉，便落坐角落位置。這時在他後頭的三木搔搔頭，那是他坐慣的位置，不過位置既被搶走，也只好坐在瑪莉羅旁邊。

兩人坐定後，三木將手提包打開，拿出下午畫的圖，又拿出筆。他將筆含在嘴裡，又將左邊頭髮撥到耳際後方，再將筆擱上左耳。瑪莉羅則從包包裡拿出一本書，那是《惡童日記》，又拿出小筆電，直接打開憤怒鳥界面。我們可愛的瑪莉羅是憤怒鳥的忠實玩家，她尤其喜歡那隻在砰地一聲後，可分化成三個分身的小藍鳥。

在這當下，服務生美華走了過來。

美華狀似親暱地跟三木說：「你到了怎不來找我？」

三木聳聳肩。

美華以撒嬌口吻繼續道：「真是，下次到了記得先跟我說哦。今天還是喝威士忌吧？」

三木點頭。

美華接著轉身，親切地將菜單遞給瑪莉羅。她表示等朋友來後，再一起點。美華向瑪莉羅微笑後，便往吧台走去。

這時，三木和瑪莉羅各自做起自己的事來。三木拿下左耳上的筆，開始在畫上塗塗抹抹。瑪莉羅則玩起憤怒鳥。

不知過多久，瑪莉羅忽感對面有人坐了下來。

原來是阿杉。

臉上戴著藍色粗框眼鏡的他，身穿白色V字毛衣搭配格子襯衫，十分有編輯氣息。

「厚……，」瑪莉羅說，「你自己約我還遲到，你知道我最討厭遲到的人了。」

「抱歉啦，我可愛的瑪莉，我不是故意的呦。」阿杉說，「交通交通，都是該死的交通問題！」

「而且我今天心情超不好的哦！」

「怎麼了？」

「還不是我那北七爹爹，」她說，「那傢伙最近要結婚了。」

「跟雅仁嗎？」

瑪莉羅點點頭。

「他瘋了呦？」阿杉說，「我記得妳跟我說，雅仁已結過三次婚了。」

瑪莉羅嘆口氣，說：「就是啊，我爹爹真是瘋了……。」

「離婚一次或許可說是對方有問題，但三次耶！有點Over了呦……。」阿杉說。

「唉，別再談我父親了。」瑪莉羅說，「對了，今天你約我是打算跟我討論小說吧？你這傢伙，到底讀過我的書稿沒？」

「讀過了呦。」阿杉一派輕鬆地說。

「怎麼樣？」

「基本上，妳的文字還是跟往常一樣令人驚艷，」阿杉說，「但怎麼說呢，總感覺少了一點什麼呦，總之，妳的故事太平凡，缺乏令人Wow的元素……。」

「Wow的元素？」

阿杉拿起瑪莉羅擱在桌上的《惡童日記》，說：「就拿這本書來說呦，這書篇幅雖短，但裡頭Wow的元素就不勝枚舉，從偷竊、勒索、強暴、謀殺、戀童，甚至人獸交等不一而足，人性的黑暗面幾乎都被寫進去了，自第一頁開始就可讓人發出 Wow 的讚嘆聲，直到最後一頁呦。」

瑪莉羅說：「坦白說，我覺得那本書很噁心，尤其是小兔子跟狗性交那段，若非你堅持要我看，我大概看不下去吧。」

「那妳自己的《星星知道我們的愛情》呢？」阿杉反問。

「很美呀。」瑪莉羅說，「又浪漫呢！」

「哎呀，這世界大概已有一百萬本以上的少女小說在談富公子與窮少女的故事了呦。」

「可是我有談到外星人呀。」瑪莉羅反駁，「男主角說自己是從外星球來的，女主角一直以為他在開玩笑，結果是真的哦，最後男主角還救了她一命呢！」

「對了，故事結尾是什麼意思？」阿杉問，「她跟男主角去了外星球？還是一切只是南柯一夢呀？」

「是開放式結局，你說什麼就是什麼。」瑪莉羅說。

「好吧，那部分還勉強算有創意。但通篇看來，我找不到任何讓我 Wow 的地方。但我必須強調，瑪莉羅，妳是近年我所看到文字最美的作者呦，妳有潛能，又年輕，請妳務必繼續寫下去。」

「其實我對《星星知道我們的愛情》也並非很有把握啦！」瑪莉羅坦承道。

「這也是沒辦法的事，」阿杉又說，「誰叫這時代太平穩了呦，又沒戰爭也沒瘟疫的，所以你們作者也只能空想，但純然的幻想總像隔靴搔癢，一點也不過癮；要不就是搞虛幻，把書寫得不知所云，好像很有深度一樣，但大多就是自慰文而已。總之，妳生錯時代了呦，現在真是一個對創作者而言，最糟糕的時代啊。」

瑪莉羅嘆口氣。

這時，美華端著上頭擱置一杯威士忌的托盤過來，她將酒放在三木桌上後，便向瑪莉羅和阿杉詢問餐點。他們點了兩杯拿鐵。

阿杉這時注意到正在畫圖的三木，推推藍色粗框眼鏡，一副若有所思模樣。

「怎麼了嗎？」瑪莉羅問。

「他好面熟……。」阿杉說，接著向三木說：「不好意思，請問你是不是一位街頭畫家？」

三木轉身，看阿杉一眼，一臉狐疑表情。

瑪莉羅這時才第一次正眼瞧三木。她覺得他的長相很溫暖，不過那一頭及肩長髮卻讓她感到做作，甚至有點噁心。

我們可愛的瑪莉羅最受不了留長髮的男人了。

8

這時，咖啡館內日光燈忽閃滅一下。眾人嚇一跳，同時將眼神往燈光探去。

「怎麼回事？」口罩女說，「老闆，你燈管多久沒換啦？」

「我也不知道。」老闆說，「通常壞了才換啊。」

燈管再度迅速閃滅幾次，再過幾秒啪地一聲，滅了。

現場除了我的筆電光源外，陷入一片黑暗。

「怎麼搞的？」眾人驚呼。

我看一眼筆電桌面的電池顯示畫面，說：「糟糕！我的筆電轉成電池模式，原來並非燈管壞了，而是停電。你們聽，剛才的音樂也停了。」

眾人這時只聽見外頭傳來的雨聲。

「停電？」口罩男說，望向窗外，「的確，黑黝黝的一片，應是停電沒錯，還下著大雨咧！」

口罩女這時拿出手機，打開，用燈光照著四處。口罩男隨後也拿出手機。

「你店裡有緊急發電機嗎？」口罩男問老闆。

「沒有。」老闆說，「不過，有蠟燭就是。你們等我一下，我去取蠟燭。」在筆電光源及口罩男夫婦的手機微光下，我看見老闆往吧台走去。可是光線十分微弱，一會，他便在黑暗裡消失。

「怎麼回事啊？這麼忽然就停電了……。」正用手機照著四處的口罩男說，「電力公司好像也沒發布消息啊！」

「就是啊！台電該打屁股了！」口罩女說。

昏暗之中，我看見口罩女稍拉下口罩，啜口鮮奶，隨即又將口罩戴妥。

「作者先生，」口罩男說，「剛才你提到瑪莉羅之所以寫作，是因為飛碟故事而認為創作有趣才開始。那你呢？你為何寫作呢？」

我搔搔頭，說：「很多人問過我這問題，但坦白說，我不知該如何回答。總之，我無意中發現自己能寫作，一旦寫作後，便發現自己無法不寫作，好像不寫就會死去一樣，所以就一直寫下去了。」

「哦？」口罩男說，「所以寫作是你的生存意義？」

「似乎也沒這麼無所謂。」我說。

「無所謂？」

「是啊！」我說，「我覺得生存是一件最無所謂的事情了，寫作至少比我的存在還有意義一點。」

「你們作家說話真是有趣！」口罩女說。

忽哐啷一聲，我們幾人嚇了一跳。

「怎麼回事？」他倆同聲驚呼道。

我說：「聲音似乎從吧台傳來的。」

「沒事啦！」吧台處傳來老闆聲音，「我不慎撞到吧台了。」

「需不需我過去？」口罩男說，「我用手機幫你照亮。」

「nonono，我找到蠟燭啦！」老闆說，「你們再稍等我一下吧，我馬上回來。」

果真，不久後，我們在黑暗之中，看見緩緩向我們靠近的火焰亮點。漸漸地，我們看見手執一根點燃紅色蠟燭的咖啡館老闆。他的臉被蠟燭光源照得微微發光，不知怎地，看來竟有點森冷可怕。

這時，口罩女驚呼一聲：「老闆，你後面那個人是誰？」

我望過去，果然在老闆右肩上方，看見一個人的臉，且是一張面無表情、長髮女人的白臉。

「我後方？」老闆說，「有人？」

「是啊！」口罩男以食指指著咖啡館老闆說，說，「你……的肩膀上有一張女人臉……。」

「你們別嚇唬我啊！」老闆面露驚恐道。

眾人面面相覷。

老闆忽笑了出來，說：「別怕啦，他是我太太啦！」

「大家好，」那張在老闆肩上的女人臉說，「我是他的太太。」說完，她從老闆肩上水平移動出來，我們才看見她身體。咖啡館老闆娘一身白色洋裝，頭髮散披在肩上，再加上白皙膚色與那雙狹長得彷彿被人往後拉的鳳眼，模樣比女鬼更具女鬼資格。

老闆將蠟燭擱上桌，說：「剛才我太太在樓上幫狗洗澡，後來發現停電，於是跑了下來。我跟她說我們在聽一個小說家說故事，她很感興趣，於是跟著出來了。」這時，我才注意到女鬼小姐的懷裡有隻博美犬。那是隻看來很憂鬱的狗。不過憂鬱也許只是昏暗燈光造成的。

「真是嚇死我了。」口罩女說。

「就是！若把我老婆肚裡的孩子給嚇得掉出來，你可要負責。」口罩男也說。

「都是你不好！」女鬼小姐對老闆說，「沒事演什麼戲啊，嚇壞大家就不好了！」

老闆露出笑臉，說：「好玩嘛！」

「所以說，老闆娘已知道前面劇情了嗎？」口罩男問。

「當然，」老闆說，「我剛已跟她補過習，才耽擱這麼久。」說完，他轉身看向女鬼小姐，說：「來，妳坐我旁邊吧。」

「所以作者先生，」老闆說，「別浪費時間，請繼續故事吧。」

三木那狐疑表情維持許久，讓阿杉尷尬不已。

「呃……若不是就算了呦。」阿杉說，推推眼鏡，「你不要一直盯著我看好嗎？」

「我我……沒沒說……我不是是……街頭畫家啊，」三木說，「我我……只只是在等等等……待你的下下……文……。」

羅瑪莉對他的結巴略感訝異。

阿杉納悶。「等我下文？」

三木點頭，說：「你你……為什麼……會認出出……我是是……街頭畫家？」

「我被你畫過呀！」阿杉說，「你不記得嗎？」

三木一副苦思模樣。

「你不記得囉？當時你把我畫成一位手拿鮮黃色雨傘、男扮女裝的男黑人呢！差點把我給笑死了！」阿杉說。

三木恍然大悟。「原原原……來是你……。」

阿杉點頭。

三木露出笑容，說：「你你……知道嗎？你是是……第一個拿拿……到我的畫畫……還很高興的人，也是第第……一個付我錢的人……。」

「我是第一個付款的嗎？」阿杉大笑。

「是是……啊！說說……到這，還還……得感謝你，大概就是因因……為你你……率先付錢，後續我我……才有有……生意可可……做……。」

「不，你能有生意是因為你本身就是個有天分的畫家呦，我很喜歡你替我畫的圖，至今還留在家裡呢！」阿杉說，接著又問：「你在畫圖？」

三木點點頭。

「方便讓我看看嗎？」

三木又點點頭，然後把畫遞給阿杉。

那是一幅黃昏湖畔圖，對岸建築物映照在湖面上，隨著橘黃背景而發亮，看來十分特殊。湖畔站著一對相愛情侶，儘管男瘦女胖體型相當懸殊，看來仍非常羅曼蒂克。

在一旁探頭觀看的瑪莉羅也十分喜歡這張圖畫，不由得發出讚嘆聲。

欣賞過三木的圖後，阿杉開始替三木和瑪莉羅相互介紹。在吧台聽見他們熱絡談話的美華也感到好奇，於是也湊了過來。

不過四人由於不熟，一時之間找不到共同話題，竟沉默下來。

許久後，親密靠在三木身邊的美華指著台上彈琴女子問眾人：「你們知道她正演奏的歌嗎？」未等眾人回，美華直接揭曉：「〈Starry Starry Night〉，紀念梵谷的一首歌。」

「梵谷？」瑪莉羅問。

美華點點頭，說：「他是我跟三木最喜歡的藝術家，我們深愛他的憂鬱、瘋狂，以及他那悲劇性的人生。」

「三木？」瑪莉羅問。

「就是他呀！」美華親暱靠上三木的肩，說：「他就叫三木哦。一二三的三，木頭的木，個性也像木頭一樣。」

瑪莉羅點點頭。

「三木之所以畫圖，也是因梵谷的關係哦。」美華補充。

「怎麼說？」阿杉問。

三木結結巴巴地將「黑人梵谷」的夢境告訴大家。

瑪莉羅聽聞忍俊不禁，說：「不過，為何會把黑人跟梵谷連結在一起？這兩者似乎一點關連也沒有。」

「這這……我也不知知……道，我們都不不……是佛佛……洛伊德，大概也沒能力解解……夢。」三木說，「不過過……夢裡梵梵梵谷既以黑人人……形式出現，我想想……跟非非……洲多少有有……關係……。」

「非洲？」瑪莉羅說。

三木點頭。美華接著替三木說：「你們知道，梵谷曾旅居歐洲數國，我們認為他的創作能力之所以豐沛，其中很大原因是他見多識廣。所以三木也打算效法梵谷，去不一樣的國家見識，以刺激他的繪畫創作，但並非歐洲，而是屬黑人世界的非洲大地，他稱之為『非洲大夢』。若真成行，那麼，這夢境就是一種預言了。」

「是預言嗎？」瑪莉羅看著三木問，「還是因為你是一個追逐者？」

「追……逐逐……者？」三木也納悶問。

瑪莉羅以食指輕敲下巴說：「你們想想，預言一定比事實先出現，但搞不好預言的成立，正是因為我們主動去追逐的，就好像有人預言地球要毀滅了，而我們持續破壞地球，屆時地球真毀滅了，就代表預言成立了。可是，那預言的成立不正是因為我們主動去追求的嗎？我是指，正是因為我們破壞地球而造成的。」

「那得看預言的出現方式呦！」阿杉說，「預言通常有兩種，一種是無跡可循的，如黑人梵谷，另一種則有跡可循，如地球毀滅，所以兩者並不相同呦！若是前者，因為毫無跡象，所以預言實現便成立，但若為後者，因為有跡可循，我們便無法說那是預言，大概比較像烏鴉嘴呦！」

眾人被阿杉的烏鴉嘴給逗笑了。

阿杉接著說：「不過關於『多看世界』的論點我很贊同呦，無論什麼樣的藝術工作者，像瑪莉羅這樣的小說家也是，最好多去異國流浪呦。陌生是很好的藝術媒介呢。」

「可是我聽了你的話，去了很多國家，」瑪莉羅看著阿杉說，「還不是寫不出好作品。」

「那是因為妳去錯國家了呦，妳老去歐洲，要不就日本，那些地方只能讓妳更會購物、更認識名牌包而已。」阿杉說，「若妳真打算寫出好作品，妳得去落後國家，去看看一些相對真實的世界，像三木所提的非洲就很好呦。」

「那是不可能的，」瑪莉羅說，「我父親不肯讓我去比台灣落後的地方。」

「為什麼？」美華問。

瑪莉羅露出為難表情，不過仍答道：「總之，我媽在我出生後不久便死去，我爸因此變得很神經質，對我的安危總過分擔憂，彷彿我隨時會死去一樣。他不肯讓我從事任何他認為危險的事，包括減肥、坐雲霄飛車，去人多的演唱會，甚至我家管家開車載我到六福村看動物時，他要我戴著安全帽。更誇張的是，他竟在我床旁安裝求救鈴。我跟他說，我又不是臥床病人，裝那幹嘛？他說那只是以備不時之需，並要我別想太多。所以你們想想，他會答應我到落後國家旅行嗎？根本不可能。正因如此，我無法到印尼去，其實我一直很想看看我母親出生的地方呢……。」

「妳母親出生的地方？妳是半個印尼人？」美華問。

「是呀。」瑪莉羅。

「好酷！」美華又說，「妳是混血兒！」

「混血兒一點也不酷，跟大家還不都一樣。」瑪莉羅說。

一陣沉默。

半晌，瑪莉羅說：「不過你們別誤會我爸，他對我非常好，只是有點神經質而已。」

「流浪只是刺激藝術創作的其一方法啊，」阿杉又說，「若無法流浪，還有一種更好的方法呦。」

「那是什麼？」美華問。

「當然就是體驗生命呦。」阿杉說。

「『體驗生命』是什麼意思啊？」美華問。

「就是體驗一切啦！去自殺、殺人、吸毒、犯罪，強暴或被強暴，或者生場大病等……現在病人文學可超夯的呢！」阿杉說，「這樣說很瘋狂，但哪個偉大的藝術工作者不瘋狂呢？梵谷本身也很可怕呢！病態正是一種美麗呦！」

「你神經！你藥又忘了吃嗎？」瑪莉羅調侃阿杉。

「神經也是一種藝術啊。唉，瑪莉，這妳就不懂了呦。對藝術而言，一切都是手段而已。等哪天妳參透這道理，就能寫出好作品了。」阿杉笑著說，又說：「不過比起極端方法，流浪或許還是比較好一點啦。」

「厚，阿杉，你別再說那些有的沒的，」瑪莉羅說，「總之，我覺得黑人梵谷這夢境很有趣，也讓我想起我的故事。」

「妳是指吞下飛碟的那件事嗎？」阿杉說。

瑪莉羅點頭，接著一面笑，一面敍述自己吞下飛碟的故事，惹得眾人大笑不已。

「所以，妳肚子裡的外星人現在還會跟妳說話嗎？」美華問。

「若我說會，你們大概會認為我是神經病吧。不過真的會哦，其實不是真的跟我說話啦，更像心電感應。而且喔，若它們不跟我說話，我則一點靈感也沒有，什麼故事也寫不出來。」瑪莉羅說。

「妳真是有趣！」美華忍不住說。

「美華也有好玩的故事嗎？」瑪莉羅問。

美華搖頭，說：「沒有耶，我是可憐的平凡人，平凡到彷彿走在路上，若一個不小心，隨時會消失一樣。」

「至少妳很漂亮啊。」瑪莉羅說。

美華微笑不語。瑪莉羅仔細看美華一眼，由衷認為她漂亮，再看看帥氣的三木，覺得兩人很登對，不禁羨慕起來。

「不過從我們進來到現在，她都彈這首歌呦，」阿杉看著台上的女人問美華，「她難道只會彈這首歌？」

「今天是三月三十日，梵谷生日呀，而且哦，」美華說到這時，露出一個神祕微笑，「三木跟我每次在梵谷生日時都會做件有趣的事，你們稍等。」說完，她便往吧台走去。

不久後，手上抱著一個白色紙盒的美華返回，對三木說：「來，偉大的藝術家，蛋糕給你。」美華將盒子交給三木後，又說：「但很可惜，今晚我必須值班，所以不能陪你吃蛋糕。」

「不不……要要……緊，」三木說，「妳妳……忙妳的……。」

美華點點頭，然後返回吧台。

「來，你你……們也也……嚐嚐這……蛋糕吧……。」三木一面打開盒子，一面說。

瑪莉羅見三木從盒子裡拿出一個黑黑醜醜的小蛋糕，不禁皺起眉，問：「那是什麼蛋糕？」

「大大……麻麻……蛋蛋……糕……。」三木說。

「大麻？」瑪莉羅說，「那不就是吸毒了？」

「別……別擔心，很很……微弱弱的……。」三木說，接著一口吞下手上蛋糕，又取出兩個，遞給瑪莉羅和阿杉。

在羅老頭過度保護下，瑪莉羅從未違規，更何況吸毒！但她見三木泰然自若吃下蛋糕，心想：「嘗試一次無所謂吧？況且阿杉也在，應不會有事！」

於是，她一口吃下。

沒料到滋味還不錯！

「不僅不錯，」瑪莉羅想，「哎呀，我為何如此遲才嘗試大麻呢？這滋味太美妙了。」

這時，瑪莉羅驚奇地看見自己的手變長了，下一刻，她腳也變長了，接著，身子也開始拉長，她一下子變得好瘦呀！她打算轉頭跟阿杉說時，她頭竟開始往上飄。瑪莉羅原以為自己脖子變長了，後來才發現，原來她正在飛呢！

是呀！她在飛，飛翔在梵谷的繁星夜空下，那藍色漩渦狀的夜空，那黃橙橙的月亮——也許是彎月，也許是滿月，也許不只一輪明月——她張開雙手，踏過一顆又一顆忽大忽小的星星，太美妙了！

此刻，瑪莉羅覺得自己簡直是無憂無慮的天使！這種快樂讓她忍不住大笑。可是才笑沒多久，她忽然砰地一聲撞上一面看不見的牆，頓時頭暈目眩。

接著，她喪失了飛行能力，陡然自迷人夜空摔落下來……。

半晌，又砰地一聲，她摔到地面上了。

她環顧四周，沒錯，眼前景況仍沒變，這裡依舊是卡夫卡咖啡館，只不過一切都浮在水面上。桌子、椅子、吧台、鋼琴、還有那張撞球桌等通通都漂浮著。而她正孤身枯坐在一艘看來像穀片的船上。

「這是怎麼回事？我到底在哪裡？怎麼都沒人……？」她碎碎唸道。

船身搖搖晃晃地，瑪莉羅企圖站起身子，卻差點摔到水裡。她不敢再站立，只好坐著，雙手以杯狀置在嘴前，向四面呼叫。

可是無人回應，四周靜得令人害怕。

瑪莉羅開始感到恐懼。

這時，一支巨大鐵湯匙忽自天空顯現，迅速凌空而下，一下子連著穀片船將瑪莉羅撈起。接著，她看見眼前有張極為巨大的鮮豔紅嘴，而鐵湯匙正把她往那嘴裡送去。瑪莉羅忽想起《玩具總動員3》的片尾部分，覺得自己即將被送進焚化爐給燒毀了，不由得害怕得大聲尖叫。

說時遲那時快，忽有台發著彩色亮光的飛碟從天而降，停在瑪莉羅前面。飛碟的門迅速打開，裡頭出現一位極為俊俏的長髮男子。他在飛碟上呼喊著要瑪莉羅別怕，接著自飛碟奮力一躍，跳上湯匙，一把將瑪莉羅抱起，又迅速跳回飛碟。

當他倆站在飛碟門口之際，瑪莉羅見湯匙緩緩被送進鮮紅巨嘴，最後被它一口吃下。

黑人梵谷

驚魂未甫的瑪莉羅向男子道謝，並問他的身分。他說自己是從星星下來的男子，目的就是為拯救她。他給瑪莉羅一個擁抱。瑪莉羅感覺到他身上的溫度。

最後，男子送瑪莉羅下飛碟，向她道別後，又走上飛碟。

瑪莉羅看見男子站在飛碟門口跟自己揮手，門緩緩關上。

這時，她不知怎地，忽難過不已，很不希望他就這麼離開。眼眶盈滿淚水的她，眼前世界逐漸朦朧起來，渙散得再也看不清了……。

失落的片段Ⅱ　食薯者

Mei 酒吧

12:20 pm

已過半小時，靈媒仍在招手，可是看來已十分疲憊。

這時，她忽停下招手動作，接連深吸吐幾口氣。

稍後，她對前頭的女作家說：「真是抱歉！我一直一直找，就是找不著他，先讓我休息一會吧？」說完她轉頭對阿侑說：「再給我來杯可樂，冰塊放多一點，我要醒醒腦。」接著又轉頭，對女作家說：「這位女作家，妳也需要喝點什麼嗎？這部分我招待，不算在諮詢費裡。」

「一杯柳橙汁吧。」女作家不耐煩地說。她因等太久，早已停止哭泣。

一會，阿侑端上可樂與柳橙汁。

靈媒又像剛才一樣，拿起可樂，一口氣喝完，接著抽出吸管，把冰塊倒入嘴裡，嘎啦嘎啦嚼著。

已回到櫃台的阿侑感到無聊，於是把白色波斯貓放到地面，將電腦畫面上的結帳系統關掉，打開ＩＥ瀏覽器。他看了一眼我的最愛，發現裡頭其一網址是介紹梵谷作品的網站。他將網頁點開，隨意選張圖。

他選到的是〈食薯者〉。他定定熟視這張圖，憶起過去曾讀過這張圖的評論。多數人認為此作品呈現了當代農人的生活樣貌，但對阿侑而言，最吸引他的，卻是畫中人物的神情。他感到很奇怪，彷彿畫中的五個人是獨立的，不僅有各自的情緒表情，也彷彿活在各自的空間裡。

這時，向日葵風鈴響了起來，酒吧的門被打開，一對男女走了進來。男人嘴脣上方蓄著鬍，而女人算是一個漂亮女孩。

「客滿了。」阿侑對他們說。

男人看了咖啡館內一眼，表情狐疑地說：「才二個客人就叫客滿？」

「沒錯，客滿了。」阿侑又說，「請你們出去。」

「請我們出去？」男人面露惱色，「這是你們的待客之道？」

「艾達，」那女人對身邊的男人說，「算了，我們去別家咖啡館。」

男人悶哼一聲後，兩人即離開了。

阿侑此刻又將眼神擱回電腦螢幕上的〈食薯者〉，然後將音響打開，店內隨即響起Don MacLean的〈Starry Starry Night〉。

靈媒這時閉起雙眼，一副十分陶醉模樣。

接著，她又像招財貓般招起手來。

9

「對不起，打擾一下，」口罩男說，「剛才提到的梵谷生日，不正是今日？」

「今日？」我納悶道。

「對啊，正是今日啊。」口罩男說。

「作者先生，你應多休息，成天寫作，連日期都搞不清楚啦！」老闆說，「你看牆上日曆，正是三月三十日啊，我可每天都撕日曆的」。

我看一眼日曆，確實是三月三十日。我搔搔頭，說：「也許是我搞錯了。」

這時，那隻博美犬叫了起來。

「安靜點！瑪雅。」女鬼小姐說，「我們正在聽故事呢！」

「你們的狗叫瑪雅？」口罩女問。

「是啊。」老闆說，「是隻老狗囉，跟我們大概十年了吧。」

「不只呢，」女鬼小姐說，「已十一年了。」

「十一年了？」口罩男說，「你們可真有耐性。」

「是啊。」女鬼小姐點點頭。

瑪莉羅醒來時，整個人昏昏沉沉的，且搞不清楚自己身在何處。

當她發現自己裸體，又見一個赤裸男人在她眼前畫圖時，不禁叫了出來。

正在畫圖的三木說：「妳妳……醒醒……了？」

瑪莉羅看見三木的臉後，才想起他是昨晚認識的畫家男孩，不過心臟仍怦怦跳著。

「妳妳……還還……好嗎？」三木又問。

「沒事。」瑪莉羅說，「不過，可以請你穿上衣服嗎？」

三木垂眼看看自己，搔搔頭，又轉身，將內褲穿上，再套上短褲。

瑪莉羅趁他穿衣服時，趕緊用白色床單將自己緊緊包裹住，一面努力回想昨晚的事。她記得自己吃下大麻蛋糕後，把幻覺跟現實混在一起，大喊：「三木是我的救星！」，甚至還堅持要跟三木一起去非洲……。

瑪莉羅想到這時害臊不已。

「昨晚的事，真是對不起了……。」瑪莉羅說。

「對對……不起？」三木問。

「我昨晚好像很丟人呢……。」瑪莉羅說，「而且你不是有女朋友的人嗎？」

「女女女……朋友？我沒……有女……朋……友……。」三木說。

「真的？你單身？」瑪麗羅又問。

「對……對呀……。」三木又點頭，並對瑪莉羅微笑。陽光灑在他臉上，瑪莉羅覺得此刻的他俊俏逼人。

聽聞三木回應後，瑪莉羅靦腆一笑，甚至感到開心。接著，包裹著床單的她下床，說：「方便我用你浴室一下嗎？」

三木趕緊走到浴室前將燈打開，並以眼神請瑪莉羅進去使用。瑪莉羅拿起擱在木椅子上的衣褲後，進入三木浴室盥洗。

當她看到鏡子裡蓬頭垢面的自己後，感到更加丟人。這時她腦裡依稀存有跟三木溫存的畫面，臉不禁紅了。不過這並非瑪莉羅的初夜；她的初夜早在十六歲生日當晚，就因喝醉而給了班加多。儘管這初夜後來持續進行著，不過那比較像一種屬於他們的祕密遊戲，她跟班加多之間只有兄妹情。

她自浴室裡出來時，三木仍在畫圖。

瑪莉羅環視三木房間，覺得空間雖窄，卻很可愛，且很有藝術家的感覺。她首先看見牆上那幅被奇異筆畫上幾條線的非洲地圖，憶起昨晚三木提到的非洲大夢，猜想那大概是他的行程圖吧。

她上前一步仔細盯著地圖看。

「據據……說在非非……洲的某某……一個地方，可……以看看……見一片滿布彩色星星的紅紅……色夜空……。」三木說，仍看著畫架上的圖。

「滿布彩色星星的紅色夜空？」

「是是……，」三木抬起頭，直視著瑪莉羅說，「傳傳……說，只只……要看到了彩彩……色星星，我們內內……在那最最……真實的自我，就就……可以從從……體內被被……釋放出出……來……。」

「真實的自我從體內被釋放出來？……是變成裸體，還是像精靈從神燈裡被釋放出來啊？」瑪莉羅一面說，一面笑。

「大大……概比比……較像後後……者……。」三木認真地說。

「被放出來之後呢？」瑪莉羅說。

「也許……就能能……澈底理理……解人生吧……。」

瑪莉羅側著頭，思考半晌，又說：「理解之後呢？」

「這……我我……也不知道……。」三木說，臉上出現靦腆笑容。瑪莉羅覺得他的笑容很好看，且溫暖。

瑪莉羅仔細看著地圖，問：「那一片有彩色星星的紅色夜空，位在非洲哪裡呢？」

三木搖搖頭，說：「具……體體……位置沒沒……人知……道……。」

「可是非洲這麼大，且有好多國家，你若不知大概範圍，要找到何時呢？」

「這這……我也不……知道……。」三木說。

兩人相視而笑。

她接著注意到桌上擺有一本打開著的畫冊，瑪莉羅看一眼，發現那是三木作品的照片集。徵求三木同意後，她將畫冊逐頁翻開，包羅萬象的畫作印入她眼簾，有風景、靜物，人物等，各有不同味道。瑪莉羅也看到一張三木的自畫像。畫中的他是一位西裝筆挺的黑人，手上還戴著白色手套，模樣就像日本計程車司機。此外，畫中的他跟現實一樣缺隻耳朵。不知實情的瑪莉羅，以為畫中少隻耳朵的三木只是某種意義的表示，所以也不以為意。

「你也把自己畫成黑人嗎？」瑪莉羅問。

「那那……不是我，那那……是黑黑……人梵谷……。」三木答道。

「可是跟你很像呢！」

「是是……嗎？」

「是啊。」瑪莉羅說，「也許你在潛意識裡，認為自己就是梵谷吧。」

三木納悶地說：「若我……認為我我……是梵谷，那那……麼我我……又是誰？」

「這問題真奇怪。」瑪莉羅說。

「是……很很……奇怪……。」三木也說。

瑪莉羅這時走近三木身邊，探頭看眼三木正在畫的圖，發現畫中的主角竟是自己。

「你在畫我？」

三木點頭。

瑪莉羅對畫中的自己很感興趣。她已知悉三木總把人畫成黑人的習慣，故對自己變成黑人不感意外。但她無法理解的是，三木竟把自己畫成一個身穿一襲白色婚紗的哭泣女孩，儘管漂亮，卻不太吉利。

瑪莉羅向三木詢問，卻也得到相同答案，他憑感覺畫而已。

三木這時忽停止作畫，轉身，從冰箱裡拿出土司與培根，說：「妳……肚子餓了吧？我我……來做做……早餐吧？」說完，他便做起三明治。

其實這當下瑪莉羅對自己留宿在剛認識男人的家，感到十分不自在。她原打算早點離開，三木卻熱心準備早餐，以致她不知如何拒絕，最後也只好跟著三木共用早餐。然而，這三明治實在算不上美味，因三木的房裡，未有可加熱的電器，所以不管是土司或培根，都冷冰冰的。幸好三木特調的番薯奶茶很熱就是。

吃完早餐後，三木送瑪莉羅回家，並把畫送給她。兩人在道別時，互換電話。三木跟瑪莉羅說，他很喜歡跟她在一起的感覺，並希望未來能經常見面。瑪莉羅聞言，害羞地點點頭。她這點頭是發自內心的，她也很喜歡跟三木在一起的感覺。

「像在飛翔一樣。」瑪莉羅想。

「第一次見面就上床？」老闆問，「似乎有點不切實際啊。」他說這話時，桌上蠟燭火焰恰好左右搖擺著，猶如在跟老闆對話一樣。

「也還好吧？」口罩女說，「現在的人不都講究速食愛情嘛。」

「我也覺得還好。」女鬼小姐也說，「一夜情天天都在發生……。」

「這點我倒贊成老闆，確實不切實際。」口罩男說。

「你還說咧！」口罩女瞪了口罩男一眼，「你忘了你幹過什麼好事嗎？」

口罩男頓時啞口無言。

「男人就是如此，」口罩女說，「說一套做一套，大頭永遠管不住小頭。」

「他幹了什麼事啊？」老闆以戲謔口吻問道。

「老公，你別問那麼多。」女鬼小姐對丈夫說，「那是別人家的事。」

「有什麼關係！敢做骯髒事就別怕人知道。反正這傢伙，」她這時伸手擰口罩男耳朵，「在外面亂搞一夜情，結果惹出一身腥。」口罩女說，「下次你再犯，我就把你剪掉！」

「或者給他多喝點含塑化劑的果汁吧，搞不好有一樣的效果呢！」老闆又說。

「不好笑啦！老闆，」口罩女說，仍氣呼呼地，然後轉向我，改以溫柔聲調說：「作者先生，很抱歉打擾了，請繼續故事吧。」

10

大部分的人在一夜情後，彼此成為不再相見的陌生人。畢竟一夜情的發生就跟吃泡麵一樣，講究的是迅速而灑脫的滿足，所以在各取所需後，大概就揮揮衣袖不再相見。

但這卻不是我們男女主的情況。

總之，那晚邂逅後，三木的確信守承諾，每天都約瑪莉羅出門。然而與其說出門，不如說是瑪莉羅陪伴三木四處寫生，畢竟他們所去的地點通常由三木決定：當這位老大哥打算畫風景圖時，他們便待在落葉湖畔，瑪莉羅一面野餐，一面陪伴他畫圖；當他打算畫人物圖時，他們就耗在卡夫卡咖啡館。

很奇怪的是，三木通常不多言，但在瑪莉羅面前卻相反，且十分坦率，猶如瑪莉羅是他多年朋友一樣。所以在他倆的相處時光裡，他誠實向瑪莉羅說明自己的家庭狀況，包括他弟弟的意外死亡事件，及母親下藥毒死父親，而後自殺的事。

瑪莉羅得知三木的身世後，對他深感同情。不過卻有些羨慕他，她覺得三木的人生很誇張、悲劇性又重，對小說創作而言，是很好的養分。她甚至願跟他交換人生呢！但現實世界裡，交換人生不可能做到就是。

三木對瑪莉羅唯一隱藏的一點，是他切除耳朵的事。之所以隱藏並非自卑，只是這部分對他而言，很難解釋罷了。

此外，自三木認識瑪莉羅後，生活花費全由瑪莉羅負擔，他也停止替人速寫。他並非吃軟飯，這一切是瑪莉羅的堅持，她認為藝術家應好好畫圖，不該浪費時間。三木原對這件事有微詞，表示自己不愛占別人便宜。

但瑪莉羅對三木說，她所提供的一切像一種薪水，以交換未來他的一切作品，如同西奧對待梵谷一樣。

這時，老闆忽搔頭，說：「啊這不就是倒貼？」

「是很像！」口罩男說，「但也能說是一種投資，也許未來畫家紅了，這一切也就值得了。」

口罩女哼一聲，說：「你們男人的想法都很怪耶，愛情裡的付出都是因為愛，無所謂倒貼或投資好嗎？」口罩女接著看向口罩男，說：「當初我們交往後不久，你不就失業閒賦在家。當時你吃我、住我，還睡我咧，難道我也倒貼你？」

口罩男聳聳肩。

口罩女白了他一眼，說：「不過我也真傻，明知你是草包，還緊緊跟隨你，後來好不容易賺了一點錢，又因那件事賠光，唉……。」

口罩男說：「誰叫哥如此俊俏，如此迷人，誰叫妳貪戀我的美色……。」

老闆說：「那你就把口罩脫下，證明你所言不假吧？」

「這可不行！」口罩男說，「我可不能自己先破哏。」

口罩女說：「但我可以證明他所言屬實，他若不帥，我可不會愛他呢！」

「你倆快去開房間吧，我要吐了。」老闆說。

一回，他倆在卡夫卡咖啡館。

身穿藍色西裝、白色短褲，頭戴黃色草帽的三木，正在一面大鏡子前畫自畫像[6]，瑪莉羅則在一旁修稿，當然還是那本《星星知道我們的愛情》。她一直自認該作品還不錯，但遭阿杉批評後，也認為作品有問題。但她反覆讀了多次，遲遲讀不出問題來。她拿出手機，傳Line給阿杉，抱怨都是因為他，才害得她也對自己作品產生疑問。Line一傳出即顯示已讀。不久後阿杉回傳，告訴瑪莉羅，若她因他的意見而質疑自己作品，那代表自己作品真有問題呢。瑪莉羅隨即傳了張揍人圖片過去，阿杉則回傳吐血照片。不過瑪莉羅仔細想想，認為阿杉的說法真有幾分道理。且若自己真對作品有信心，肯定很難因別人意見而改變想法吧？像三木似乎就不曾對自己的作品產生疑問。

「三木，」瑪莉羅喊，「你曾懷疑自己作品嗎？」

三木轉過頭來。「懷懷……疑？」

「嗯懷疑，例如懷疑自己作品並未如自己所想的那麼好。」瑪莉羅說。

「為為何……要懷懷……疑？」三木問，「而而且……我只懂畫……不懂懷疑……。」

瑪莉羅點頭，並看一眼三木的圖，深覺他的圖確實不錯。他並未把自己畫得很帥，但她覺得他畫出很真實的自己，尤其他慣常的憂鬱感，非常傳神。

這時，剛換班的美華看見他倆，過來打招呼。她親密地站在三木後面，並不時發出讚嘆聲，但三木僅專心一致畫著圖。

「偉大的藝術家，何時再替我速寫吧？」美華問三木，接著轉頭向瑪莉羅說：「瑪莉羅，妳知道嗎？三木曾替我畫過圖哦。」

「三木，」美華又說，「你何時再約我去你房間嘛？你知道，我很願意再當你的模特兒。」

瑪莉羅聽見「你房間」三個字時，心裡糾了一下。美華注意到瑪莉羅正面露詫異地望著自己。

「再再……說吧……，」三木說，「我我……不喜歡重重……複畫一個人……。」說完，他將頭髮撥往左耳耳際後方，將畫筆擱在左耳上，再走近瑪莉羅桌邊，拿起她的奶茶，啜了一口。他走回畫架時，美華仍站在他畫前。

三木問她：「妳難難……道不需需……要工作？」

美華點頭。

「那妳還不去？」三木不耐煩地問。三木的這句問話未結巴，且口氣凝重，讓瑪莉羅覺得這句話彷彿不是出自他口一樣。

美華不情不願地走回吧台。三木也拿下左耳上的畫筆，繼續畫圖。

美華走遠後，瑪莉羅問三木：「你替她畫過圖？」

「很很……久以以……前的事了……。」三木說。

「你跟她是什麼關係？」瑪莉羅問。

「朋朋……友啊……。」

「可是，她剛才說，她去過你的房間？」瑪莉羅說，「去你的房間幹嘛？」

「替她她……速速……寫……。」三木理所當然地說。

「哦……。」

瑪莉羅感到相當吃味，不過她跟三木並非情侶，似乎也沒吃醋的權利。

「所以你的意思是，我不用擔心嗎？」瑪莉羅試探性地問。

「擔擔……心什什……麼？」三木反問。

瑪莉羅未繼續說話。其實他們這一陣子的相處儼然就是情侶，瑪莉羅老早就期盼三木跟她定義彼此，但三木從不談這些，而身為女生的她，也不好意思主動提及就是。

一會後，三木結束自畫像，瑪莉羅也結束修稿，不過只刪除了幾個贅字，她根本找不出問題所在。兩人各自收妥後，步出咖啡館。外頭正飄著細雨，班加多撐著一把鮮黃色雨傘在外頭等著。班加多見兩人出來，趕緊將奧迪副駕車門打開。瑪莉羅跟三木道別並上車，班加多隨後也上車。

三木這時抽起菸來，一面望著雨景。瑪莉羅看著他，覺得沉默時的他看來總像有心事一樣。瑪莉羅見三木跟自己揮手，也微笑向他揮手。

班加多把奧迪駛離，兩人在車上跟往常一樣沉默。不久後，瑪莉羅發現自己的鏡子似乎遺忘在咖啡館裡，於是要班加多將車開回咖啡館。

這時三木還在外頭，只不過背對著馬路，美華也站在一旁。三木依然沉默地抽著菸，美華則在哭泣，且哭得非常傷心。

瑪莉羅看著他倆，想了想，然後要班加多將車駛離。

11

故事說到這時，女鬼小姐懷中的瑪雅忽跳了下來，一面吠著，一面往窗邊跑去。

我們眼神也跟著牠走，結果發現那隻黑貓又出現在窗外。

女鬼小姐叫喚著瑪雅，要牠回來，可是瑪雅不予理會，仍不斷吠著。

但忽然間，瑪雅彷彿很害怕一般，瞬間靜了下來，畏怯地退了幾步，然後跑了回來，躲在女鬼小姐腳邊，渾身顫抖著。

「牠怎麼啦？」口罩男問。

「我也不知道。」女鬼小姐聳聳肩。

這時，窗外傳來幾聲貓叫。我們往窗戶看去，發現那隻黑貓又不見了。

「真是詭異的貓！」老闆說。

那夜的隔週三，瑪莉羅一行人聚集在一座夜間咖啡館。

在場除了瑪莉羅外，還有三木、阿杉，此外，班加多也難得在場。

那間露天咖啡座坐落在一棟建築物旁。在檸檬黃燈光的照耀下，咖啡座感覺十分溫暖，也很有異國風味。鋪著卵石的地面，一旁翠綠的大樹，

幾張看來俐落的桌子坐落其間，還有隨興而坐的客人們，整體氣氛顯得十分愜意。此外，那晚夜空格外特別，星星看來像一顆顆爆米花[7]。

三木在瑪莉羅的要求下，替班加多速寫，她說那是她送給班加多的一份禮物（但班加多並不想要就是）。

整襟危坐的班加多在一盞黃燈下，看來十分帥氣，不過表情稍顯僵硬，好像千百個不願意一樣。身穿藍色襯衫、白色短褲的三木則在他面前專心一致地畫著圖。

瑪莉羅與阿杉兩人坐在一旁啜著焦糖瑪奇朵，一面閒扯。

阿杉看著班加多，問瑪莉羅：「班加多臉上的疤痕是怎麼回事？」

「你說右眼上那道？」

阿杉點點頭。

「哦，班加多說，那是小時候去偷雞蛋，被老闆用原子筆畫傷的，」瑪莉羅說，「很可怕呢，差點就畫到眼睛了。」

「偷雞蛋？」阿杉不解地問，「雞蛋為何要偷？」

「你也知道他以前住印尼，很窮的，就連雞蛋也買不起。班加多說他臉上疤痕對他而言，是種貧窮痕跡，用來警惕自己未來絕不能窮。」瑪莉羅說，接著問：「你看過《貧民百萬富翁》嗎？印尼的貧窮世界大概差不多就那樣吧。」

「《貧》片描述的是印度吧？」

「差一個字差不多啦。」

「明明就差很多呦！」阿杉白了瑪莉羅一眼，「當個作家要格物致知，不能隨便呦。」

這下換瑪莉羅給阿杉白眼。

「有時我覺得妳跟班加多之間，感情好好哦。」阿杉說。

「我自小就跟著他長大，感情當然好。」瑪莉羅說，「我們像兄妹一樣。」

「兄妹嗎？」

「是啊。不然呢？」

「我覺得更好一點呦，我甚至覺得他對三木似乎有敵意。」

「厚……我們是兄妹，別亂說。」瑪莉羅說。

「說到這，妳跟三木之間最近還好吧？」阿杉問。

「講到這我就頭痛，我們該做的都做了，卻不明白我們關係。三木從不說，我也不好意思問。也許都是一夜情惹的禍，你知道，我們糊里糊塗抵達本壘，所以也就只能一直待在本壘。可是一壘、二壘和三壘正是談情說愛最浪漫的地方，我們卻回不去了。」

「的確很傷腦筋呦。」

「有些事你也知道，由女生來提總有點奇怪。總之，我覺得三木好像一根木頭。」

「有些男人就是這樣呦。」阿杉說，「好像腦袋裡少了點什麼東西一樣。」

「少了什麼東西呢？」

「這很難定義呦。」

「會不會其實是女人腦袋裡多了一點什麼東西呢？」瑪莉羅問。

「也有可能。」

「多了什麼東西呢？」

「這也很難定義呦。」

「這段話有說跟沒說一樣。」瑪莉羅抱怨道。

「好像是如此。」

「若我也能少一點什麼東西的話，或許也就不會這麼苦惱了吧。阿杉，我到底該怎麼做，才能讓我們之間的關係更清楚一點？」

阿杉沉默半响。

「而且啊，」瑪莉羅這時又說，「三木的女人緣似乎很好，你記得卡夫卡咖啡館的美華嗎？她似乎就很喜歡他，而且她說三木曾幫她速寫耶。」

「是嗎？」

瑪莉羅點頭。

「我一直懷疑他倆關係。我們第一次碰到那天，你不覺得美華跟三木就像情侶嗎？美華還經常幫他說話呢！不僅如此喔，後來有天我還看到美華在三木面前哭呢。女人若在男人面前哭，應都不單純吧？」

「在我看來，我覺得她不像他女朋友喲。」阿杉說，「不過女人在男人面前哭的確不尋常喲，妳有問三木發生什麼事嗎？」

「沒有耶。」瑪莉羅托起腮來，「我又不是她女友——至少我們還沒定義。不過他曾說，美華只是他朋友就是。」

「妳信嗎？」

「這我也很難說。」瑪莉羅說，「不過我很願意相信三木就是，而且它們也說三木是好人，不會騙人的，而它們一向不會錯的。」

「瑪莉，在我面前就算了呦。妳可別在別人——尤其不熟的人的面前說外星人又說了什麼——妳不想讓別人以為妳腦袋有問題吧？」

「但有時我就是聽得見它們說話嘛！」

阿杉這時以食指敲敲桌上的鐵湯匙，透露出不置可否的意思。

「好啦。」瑪莉羅說，「我知道了，以後我不說就是。」

鄰桌這時來了一對年輕男女，其中男人是一位身穿運動裝束的黑人。瑪莉羅與阿杉感到好奇，直盯著他看。後來黑人旁邊的台灣女孩發覺了，瞪他們一眼，他們連忙將頭轉回。

阿杉這時一副若有所思的樣子。

「怎麼了？」瑪莉羅問。

阿杉推推臉上的藍色粗框眼鏡，說：「妳不是說三木老在提去非洲的事嗎？還說他打算找什麼彩色星星的。」

「是啊。」

「若妳能跟他一起去非洲旅行，你們之間也許會有進展也不一定呦。妳知道，在異國旅行，因為必須互相扶持，感情最容易升溫。」阿杉說，「而且對妳的寫作或許也有幫助喲！」

「但我父親不會答應我去非洲的。」

「厚，瑪莉，妳都成年了耶。」阿杉說，「妳難道想被父親綁一輩子嗎？」

「當然不想……。」瑪莉羅說，「但我能怎麼辦？他是我爹爹呀。」

說到這時，三木忽轉身，告訴瑪莉羅與阿杉，圖已畫好。

他們接過圖。

眾人皆大吃一驚，三木竟把班加多畫成一隻關在籠子裡的黑色小狗。

班加多看到圖後，臉色大變，並質問三木把他畫成狗的意義。

說不出個所以然來的三木也只好假裝木頭，一個勁地傻笑。

隔晚，瑪莉羅陪著三木在落葉湖畔畫圖。

天氣很好，水鬼湖看來絲毫未有奪人性命的打算，淡綠色的湖水反而讓人感到平靜。明朗的夜空有許多星星，湖面被星星照得發亮，讓瑪莉羅覺得湖面彷彿結了冰，而她隨時可以躺在上頭一樣。

身穿一襲桃色洋裝的她，坐在湖畔一顆桃花盛開的桃樹下[8]，底下鋪著一張鵝黃色毛毯，而身穿白色襯衫、白色短褲，搭配白色帆布鞋的三木正全神貫注畫圖。

「三木呀，」瑪莉羅喊三木，「你為何留長髮？」

「不不……知道，頭頭……髮莫名名……其妙妙……就長了……。」

「你若把頭髮剪去，也許會更好看。」

「是是……嗎？」三木問。

「至少對我而言是如此。」瑪莉羅說。

三木未回應，又繼續畫圖。

一會，三木感到累了，於是坐上鵝黃色毛毯，將頭靠上瑪莉羅大腿，再從口袋裡拿出小瓶裝的鐵罐威士忌，打開，喝一小口。

瑪莉羅嗅見威士忌的味道，覺得十分嗆人，問：「你為何喜歡威士忌？」

三木聳聳肩。「我也……不不……知道……。」

「聞起來很辛辣。」瑪莉羅說。

「但很好好……喝……，」三木說，「嚐…嚐？」

瑪莉羅接過威士忌，嚐一小口，眉頭卻皺了起來。

「太辣了！」她叫道。

她覺得舌頭與上顎似乎被燒焦了，急忙想將酒給吐出來，卻仍吞了下去。她無法浪費三木提供她的一切，哪怕只是一口酒。

三木見整張臉蹙得像顆包子的瑪莉羅，忍俊不禁。瑪莉羅將威士忌還給三木，同時抱怨：「幹嘛笑我？」

三木聳聳肩，說：「妳妳太……可可……愛了……。」

瑪莉羅聞言，面露赧色。三木拿起威士忌，再喝下一口。

兩人這時都安靜下來。三木靜靜地望著路燈下飛舞的昆蟲，發著呆的瑪莉羅感到一陣習習和風拂過臉頰，相當舒服。

「對了，我這幾天跟阿杉談過，他建議我們可一起去非洲，他甚至說，也許我能因此寫出一本好小說呢！」瑪莉羅忽說，「你覺得如何？」

「那當當……然好啊……。」三木說，「妳妳……知道我一直很很……喜歡跟妳在一起，若非非……洲行有妳妳……的陪伴，那那……簡直太太……美妙了……。」

這番話讓瑪莉羅喜在心中。

瑪莉羅接著試探性地問：「你說你喜歡跟我在一起……是為什麼？」

三木搔搔鼻子，說：「就就……是喜喜歡……歡跟妳在在……一起啊，沒為……什麼……。」

瑪莉羅露出失望表情。「那你也喜歡跟美華在一起嗎？」

「美美……華？」三木問。

「對，」瑪莉羅說，「你也喜歡跟美華在一起嗎？」

三木搔頭，說：「跟她她在……一起時並無無……感覺，我跟跟……美華只只……是……朋友……。」

瑪莉羅深吸口氣，問：「那我們呢？我也只是你的朋友嗎？」

「不不……是……，」三木說，「妳妳……不不……是我的……朋朋……友……。」

「我不是你的朋友？」

「妳是是……我唯唯……一在乎乎……的人……。」三木說。

瑪莉羅這時喜上眉梢。心想，也許他就是這麼憨直的人，這說法應算定義他與自己了吧？

半晌，三木問：「對對……了，關於於……非洲的事，妳妳……父親會答應嗎？我記記……得妳說過，他他……不贊成妳妳……去太太……落後的地方……。」

「坦白說，我也不知道，但就如阿杉所言，我已經長大，對自己的行動，應該要有所掌握。此外，我覺得阿杉說得很有道理，生為小說作者的我，的確應該到不一樣的地方看看。你知道我熱愛寫作的程度，如同你畫圖一樣，去非洲或許能讓我寫出好作品呢！至於我父親，其實他一向待我很好，我想他會答應的。且他在經濟上還會贊助我們，你知道在國外生活可得花上很多錢呢！」

「我認認……為這樣……不好……，」三木說，「我我……們應應……用自己的錢……。」

「有什麼不好？」瑪莉羅說，「我相信你是未來的大畫家，投資在你身上絕對正確，只不過希望你成名後，不要忘了我呢！」

三木笑了。

「對對了……阿杉這這……個人感覺很很……有趣，他是一一……個什什……麼樣的人啊？」三木問。

「的確是一個很有趣的人！」瑪莉羅說，「而且很體貼哦。」

「妳怎……怎麼認認……識他的？」

「在精神病院。」瑪莉羅說。

三木咋舌一下，問：「真……的假假……的？」

「真的啊，但這也沒什麼大不了。」瑪莉羅說，「我在大二時，為了學分到精神病院做義工而認識阿杉。當時他在感情上出問題，好像暗戀一個來自韓國的學長不成，再加上寫作不順，所以才崩潰，進了精神病院。」

「學學……長？」三木訝異道。

「是啊，你對這有障礙嗎？」瑪莉羅說，「現在都什麼時代了……。」

「當然然……沒沒……有。」三木說，「不過……具具體發生了了……什麼事？我是指……他他……跟那韓國學長長……之間……。」

「嗯……，」瑪莉羅說，「據我所知，那韓國學長剛來台不久，就認識了阿杉，可能因人生地不熟，所以很依靠阿杉吧。阿杉卻誤把他的依靠當做感情，後來越陷越深，精神就出了問題，還因此發生了傷害事件呢！」

「傷害……害事件？他他……被傷害嗎？」

「不是呢！是他傷害人！不過情況不很嚴重就是。反正大概是他向那韓國學長求愛，對方拒絕，他拿把刀，想把心挖出來給對方看——你知道他的目的其實很單純——只想讓韓國學長知道自己有多在乎他而已。

對方當然嚇死啦，想阻止他，卻意外被他傷了。不過幸好後來兩人都無大礙就是。」瑪莉羅說，「還有啊，你別看他個子小小的，發起威來可是很嚇人的。」

三木漠然一陣。半晌，又問：「妳……妳剛說，阿杉杉……也寫作？」

「以前的事，現在他不再寫了，他已認定自己無才，但他對文學仍有無比的熱情，所以才一直鼓勵我寫作。」瑪莉羅說。

「原原……來如此……。」

「你知道，對一個作者而言，最困難的一件事，就是承認自己無才，所以放棄也是很需要勇氣的。」

「這這……我認同……。」三木說。

「總之，你別擔心，阿杉是個非常好的人。之前會傷人，都是因病的緣故，現在他的病早痊癒了，也按時服藥預防復發，此外，他又在出版社工作，可以接觸他最熱愛的文學，現在沒問題的。」瑪莉羅又說。

這時瑪莉羅的電話響了，她接起來。

那一頭是班加多，他詢問瑪莉羅的位置，並說已太晚，她應早點回家。

瑪莉羅在電話裡對班加多抱怨父親。班加多趕忙替她父親解釋，卻被嫌囉唆，最後還被她掛電話。

「我得回家了，」瑪莉羅對三木說，「班加多又打電話來了，他說父親找我。」

「現在在……也……才才……八八……點，妳父父……親可……真嚴……。」

「沒辦法！」瑪莉羅說，「我也跟你說過，我父親是一個很神經質的人，幸好這陣子有班加多替我掩護，要不然我就不能跟你出來了。」

三木這時皺起眉頭，問瑪莉羅：「妳有嗅嗅……見一股股……味道嗎？香香的，像香草草……的味道？」

瑪莉羅深吸一口氣，說：「沒有呀，會不會是你身上的古龍水味道？」

三木露出狐疑表情。

這時瑪莉羅忽覺得未穿襪子的三木腳踝有些寂寞。

「三木，你坐起來。」瑪莉羅說。

「怎怎……麼了？」三木問。

「我要給你一個東西。」瑪莉羅說。

三木依言而坐。瑪莉羅將自己腳上的金色鍊子解下，綁上三木腳踝。

「嘿，喜歡嗎？」瑪莉羅問。

三木點點頭。「可可……是，這這……是妳妳……的鏈子……。」

「這條鏈子跟了我超過十年，這就是我，對你而言，這就是我的愛，」瑪莉羅說，「我希望你永遠帶著我的愛。」

三木搔搔鼻子，低頭看著鍊子不發一語。一會，他拿起身旁手提包，打開，正手伸入，撈了好一陣子，才從裡頭拿出一朵紫色塑膠花。他將花別上瑪莉羅右耳。瑪莉羅面露害羞，但很是感動。

「這是什麼花？」瑪莉羅問。

「鳶尾尾……花……。」三木說，旋即笑了開來。瑪莉羅看著微笑的三木，不知怎地，竟有些哽咽（她想也許是自己太感動了）。她將頭靠上三木胸膛，三木的體溫讓她覺得自己幸福滿溢。

「妳妳……有有……沒有聽過〈張張……三的的……歌〉？」三木問。

「〈張三的歌〉？」瑪莉羅問。

「是是……啊……」三木說，「一首很很……老老……的歌，大大……概都比我我……們的年紀還還……大了吧……。」

「我沒聽過呢！」瑪莉羅說。

三木開始唱起歌來：

我要帶你到處去飛翔
走遍世界各地去觀賞
沒有煩惱沒有那悲傷
自由自在身心多開朗

忘掉痛苦忘掉那地方
我們一起啟程去流浪
雖然沒有華廈美衣裳
但是心裡充滿著希望

我們要飛到那遙遠地方看一看
這世界並非那麼淒涼
我們要飛到那遙遠地方望一望
這世界還是一片的光亮

「好好聽哦……，」瑪莉羅陶醉地說，「而且你唱歌不會結巴耶，乾脆你以後說話都用唱的好了。」

三木這時露出略帶憨意的笑容，伸手撫摸瑪莉羅的臉，再次唱：「我們要飛到那遙遠地方望一望，這世界還是一片的光亮……。」瑪莉羅覺得三木此刻的微笑看來呆呆的，也忍不住笑了出來。

這時班加多出現在他們面前。他這天穿得相當得宜，雖然身材瘦小、皮膚黝黑，但外貌讓人感覺舒服，尤其是那雪白、帶有熨過線條的襯衫相當挺拔好看。

「瑪莉，」班加多說，「該回家了，妳父親又在唸了，別讓我難做人。」

「你真的很煞我們風景耶！」瑪莉羅不耐煩地對班加多說，接著與三木告別。

班加多送瑪莉羅上藍色寶馬。

稍後，寶馬上的瑪莉羅在離去之際，看著獨自站在大樹下向自己揮手的三木，感到相當不捨。

瑪莉羅離開後，三木拿出菸，抽了起來。

這時，他看見前方約二十步之遙處，站著一個手撐鮮黃色洋傘、腳蹬鮮紅色高跟鞋的女人。

三木對她在夜晚撐傘的舉動感到納悶。

他將菸啣在嘴裡，蹲下，整理起自己的手提包。整理妥善後，站起身子，準備離開之際，發現方才撐傘的女人已不見蹤跡。

12

「繼續故事前，必須稍加解釋羅老頭的情況。前面提過，他因昔日妻子的驟逝事件，變得極缺安全感，所以自瑪莉羅高中以來，就請班加多二十四小時守護瑪莉羅。這件事瑪莉羅早知情，也老早習慣班加多的陪伴。然而，她不知道的是，羅老頭還私下請班加多調查她。正因如此，羅老頭不僅知道三木的存在，也知道他是個父母死於非命的孤兒，以及目前獨居在租賃小套房的事，甚至在班加多的安排下，還曾暗地觀察在落葉湖畔畫圖的三木呢。

「不過羅老頭是個開明的人，就算三木身世叫人擔憂，基本上他不反對女兒跟他交往。但說到女兒談感情這件事，他心中老早就有中意的女婿人選。

「沒錯，正是性情溫和、個性老實而深得他信任的班加多。不過在感情上，他認為，他倆年紀相差太大了一點。」

這天早上，瑪莉羅打算與父親談與三木赴非的事。

她進廚房時，沒見著人，又散步到花園。羅老頭與雅仁正在草地上用早餐。班加多也在一旁。坐在梯子上、手執一把大剪刀的他，正修剪著花圃裡盛開的杏花樹。

瑪莉羅看見滿桌的西式早點感到噁心。她明白羅老頭一直以來都不吃西式早點，這肯定是為雅仁而改的。

瑪莉羅說：「爹爹，現在有空嗎？有件事我想跟你商量一下。」

羅老頭擱下手中的火腿三明治，露出笑意，說：「我可愛的女兒，吃過沒？坐下一面吃，一面談吧。」

瑪莉羅仍站著，她看一眼雅仁，面露為難。雅仁儘管察覺，卻無避嫌打算。瑪莉羅嘆口氣，說：「爹爹，你知道，最近我有一個很好的異性朋友……，」雅仁這時忽插話，說：「妳交男朋友了嗎？這很好啊，有正常男女關係是很好的。」

「我們不是男女關係，就好朋友而已。」瑪莉羅說。她不想跟雅仁多廢話。

羅老頭裝做不知情，說：「不管是不是男女朋友，爹爹都很贊同妳交朋友的。」

「謝謝爹爹。」瑪莉羅說，「不過我是想跟你談，我們最近的打算。」

「打算？」

「他是一個畫家，認為異國環境對創作很有幫助，我贊成他的想法，所以我們打算一起去非洲，讓我們的創作思想翻轉一下。爹爹，你覺得怎麼樣？」

「去非洲？」羅老頭摸著臉問。

瑪莉羅點頭。

「這我可不答應。」羅老頭說。

「可是爹爹，你不也贊成我寫作嗎？去非洲體驗對寫作很有幫助的。」

「但非洲太危險了。」羅老頭說。

「不會的，我們會照顧自己的。」瑪莉羅說。
「這件事我真無法答應！」羅老頭板起臉孔。
瑪莉羅再次強調：「爹爹，我已經長大了，會照顧自己的，不會有事的。」
羅老頭仍搖頭。
雅仁這時說：「妳跟那男人認識才多久？還沒一個月吧？就這樣跟他出國，未免太荒謬。而且瑪莉，聽妳父親說，妳這陣子花錢花得很兇，妳該不會把錢拿去倒貼那男人了吧？再說出國要花錢，誰出呢？不會又妳吧？這年頭騙子多，渴望愛情的女人被騙走鉅款的新聞時有可聞，我勸妳最好小心一點……。」
雅仁這番話刺中瑪莉羅的心，她惱羞成怒地說：「這是我的事，跟妳這局外人一點關係也沒有！」
「妳阿姨說得沒錯！」羅老頭說，「這事太荒謬，我絕不答應！」
雅仁這時搖頭且嘆氣連連，一副好心被雷親的神情，看得瑪莉羅超火的。
她忽對父親吼：「就算我倒貼又怎樣，還不是因為你把我生得又胖又醜，我才得倒貼男人！我不去倒貼，有誰會愛我嗎？就像你一樣，若你不有錢，雅仁會跟你嗎？」

羅老頭聞言，忽大冒其火，於是狠狠賞瑪莉羅一巴掌。雅仁見狀，驚愕得直用手捂住嘴。

瑪莉羅一面瞪著父親，一顆豆大淚珠戲劇性地從眼眶流下……。

可憐的班加多也被那一巴掌給嚇一跳，一不小心竟從梯子上摔了下來。含苞待放的幾支杏花，就這麼被他給壓死了。

13

「有句俗語叫『愛到卡慘死』，這話乍聽誇張，但仔細想想，卻也有道理。或許這是一種生物機制吧，畢竟人若理智過頭，愛得太含蓄的話，孩子可就生不出來了呢！

「有趣的是，旁觀者通常可跳出框架外，並辨別出那些為愛瘋狂的可憐蟲——好心一點的人會去規勸他們，以避免他們做出傻事；壞心一點的人則裝恬恬，以讓他們做出更多傻事。

「殊不知『為愛瘋狂』其實是每個人的人生中，難以避免的一段歷程，所以不管是規勸或裝恬恬，大概都有點諷刺意味的，是不是？」

愛昏頭的瑪莉羅當然不覺得自己瘋狂，所以當晚又使起性子，跟父親大吵一架。

心跳氣急的她埋怨父親有雙重標準，才認識雅仁三個月就要跟她結婚，卻不肯自己跟愛人出國。她甚至向父親放話，表示自己無論如何都會跟三木走，甚至不惜私奔。

這番話讓羅老頭擔憂不已，後來因害怕女兒真跟人跑了，在雅仁建議下，不得已對瑪莉羅下禁足令。

羅老頭並非反對瑪莉羅談感情，他主要對女兒才認識男方不久，就打算跟人跑的這件事，感到不可思議。此外，他十分擔憂男方的真正意圖，儘管三木未有前科，卻也出自極不正常的原生家庭。萬一他根本不打算帶她出國，而打算綁架她，來向他勒索怎麼辦？就算不是綁架，他們去的地方可是非洲啊，羅老頭記得新聞曾報導，非洲是強暴、愛滋病最盛行的地方，更別提伊波拉、瘧疾和一堆奇奇怪怪的軍閥、暴民了，這麼嚇人的地方怎麼能去呀！

瘦弱的羅老頭坐在椅子上，雙手捧著臉地苦思著。[9]

「你不該讓她去，這一切太荒謬了！」雅仁對他說，「況且你不能太寵她，這樣對她不好。」

「可是她說的也有道理，」羅老頭憮然地說，「她小時候我沒把她照顧好，讓她長得這麼胖，現在我又剝奪她追求愛情的權利？我這父親可真差勁啊！」

「你正是太寬容才把女兒給寵壞的！你難道忘了昨晚她如何說我的嗎？不過那是氣話，我不會在意，」雅仁又說，「只是我覺得，妳若再讓她予取予求，你會毀了她。」

「妳說的不無道理，」羅老頭搓著臉說，「我確實太寵她了。」

羅老頭吁口氣，將口袋裡的雪茄拿出，點燃，抽了起來。窗外一輪明月，皎潔得幾乎讓羅老頭在上頭看見自己倒影。咬著雪茄的羅老頭，因往上飄的煙霧而瞇起雙眼。

「或許我們可以私下約他出來談談？」雅仁建議道。

「約他？」羅老頭問，「誰啊？」

「當然是瑪莉羅的男友啊，你傻啦！」雅仁說，「我們可跟他認識認識，或許可打消他出國的念頭。」

「對啊！」羅老頭以拳頭擊掌，「我們該這麼辦！」

這晚天氣不錯，卡夫卡咖啡館裡的客人卻零星幾個。也許是外頭那隻脫毛狗太臭了，嚇得客人都不敢進門。

身穿白色襯衫與黑色短褲的三木，正全神貫注端詳架上的畫，手持鉛筆在空中畫呀畫呀，像在空中汲取靈感。胸前一片白色圍裙的美華與他同坐一張椅子，表情略為呆滯的她，正望著三木架上的畫。

這時咖啡館鈴鐺響起。一對男女走進來。男人是中年人，像企業老闆，上身著黑色緊身西裝與白襯衫、下身則是牛仔褲加帆布鞋，讓人一眼即能體會他為抓住青春尾巴所做的努力；女的則一身藍色洋裝，濃妝臉上的五官略帶塑膠感，年約三十五。

美華上前招呼兩位。兩人到三木旁的桌子坐下。男人點黑咖啡，女人點卡布奇諾。一會，美華送上咖啡後，轉身回吧台。

半晌，中年男子問三木：「請問你是陳三木先生嗎？」

三木未聽見中年男子的提問，手仍在空中比畫。

「不好意思，請問你是三木嗎？」這次換女子問。

三木這時才聽見，轉身說：「我我……是。請請……問你們是？」

「我是瑪莉羅的父親。」羅老頭說。

三木略為訝異，看一眼手錶，說：「原來來……你是羅羅……瑪莉羅的父親，不過你你你們……太早到了吧？」

「我們約好七點不是？」雅仁說。

「我我…收到的訊息是是……八點，」三木說，接著看一眼畫，又說：「不好好……意思，請你你……們稍等，我就就……快完成這幅……畫了……。」

羅老頭對此感到微慍，他覺得三木不懂禮貌。

三木把注意力轉回架上的畫，思考許久，才在畫上右上角補畫幾筆，接著露出滿意神情，放下畫筆，轉身，正坐。

「你知道我們要跟你談什麼吧？」羅老頭說，啜口黑咖啡。

「很很……抱歉，其其……實我我……不太清清……楚……。」三木說。

「我們想跟你談，你跟我們瑪莉羅打算到非洲的事。」雅仁說。

「原原……來是這這……件事，」三木說，「是啊，我我……們打算……去非洲尋找我我……們的創創創……作靈感……。」

羅老頭問：「可是，你不覺得非洲很危險？且人生地不熟的，你們如何照顧自己？」

「這這……點也在我我……的考考……量之中……。」三木說。

「幸好你還算有點理智。」雅仁說。

三木微微一笑。

羅老頭啜口黑咖啡，說：「你知道，我不是壞父親，不會反對小女談感情。只是你們去非洲的事，實在讓我傷透腦筋。若你能在台灣跟小女好好交往，我絕不會虧待你的……剛從你的回答來看，你似乎並非一定得去非洲？」

「一一……定得得……去啊，」三木說，「但……不不……一定得……是現在……。」

「若我希望你們現在別去呢？」羅老頭又問。

「你你……是瑪瑪……莉羅的父親，若你你……不答應我們去，我會會……尊尊……重，」三木說，「重重……點是，你堅堅……持不不……讓我我……們去嗎？」

羅老頭沉默一會，說：「是的，我堅持你們不能去。」

「好好……那……就就別……去！」三木說，「還還……有別的事事……嗎？」

羅老頭與雅仁對三木的態度感到訝異。

「謝謝你如此尊重我這位老人家。」羅老頭明顯鬆口氣，接著又說：「既然你在跟小女交往，我想多認識你這人。」

「交交……往？」

「難道不是？」

「我不……不知道。」三木說，「但我我……很……喜喜……歡跟她在一起的的……感覺……。」

「『喜歡跟她在一起的感覺』是什麼意思啊？我聽來怪怪的。」雅仁說，「你到底愛不愛我們瑪莉羅？」

三木搔搔頭。

羅老頭這時看雅仁一眼，說：「你幹嘛問大男孩這尷尬問題！」接著又對三木說：「你既說不去，那麼就希望你信守承諾，別把小女帶去非洲——現階段我只擔心這件事。不過，我也希望你好好對她，我知道你這年紀的男孩有用不完的賀爾蒙，」說到這時，他以眼角餘光瞥眼正在吧台忙的美華，「但希望你能專情，畢竟瑪莉羅是很單純的。只要你好好對待她，我不會虧待你的……。」

三木沉吟一陣，說：「我我……不知道該該……如何好好對對……待她，我只只……知道我很很……喜歡跟她在一起的感感……覺，也希望她能能……開心，如此此……而已。此外，我不不……需要要……你的……善待……。」

這番話讓羅老頭頓然啞口無言，不過內心顯然對他另眼看待。雅仁在喝下一口卡布奇諾後，仔細瞟三木一眼，才發現他臉蛋十分英俊，內心不禁羨慕起瑪莉羅來。

14

早上十點，左耳掛著鉛筆的三木正在房內閱讀《梵谷傳》，一面吃著M&M's巧克力。忽然間，他拿下鉛筆，在讀著的書頁上，畫下一個圈。這是他的習慣，只要在書上看到心儀的詞語，便記錄下來。

後來，他打算起身倒杯咖啡時，手機響了。

他看一眼，發現手機介面上顯示「未知」二字。他一向不接來路不明的電話，因此把手機扔回床上。過一會，手機再度響起，仍是「未知」，他搔搔鼻子，接起電話。

「你你……是誰？」三木說。

「你好，請問是三木先生嗎？」電話那頭說，是個女人聲。

「你……是是……誰？」三木又問。

「我是雅仁。」雅仁在電話那頭表明身分。

「妳是是……瑪瑪……莉羅的的……阿姨？」三木說。

「厚，別把我叫老了，」雅仁說，「我也才大你沒幾歲呢！」

「妳……找找……我有什什……麼事？」

「我想跟你談談，不知方不方便？」

「談談……什什……麼？」

「當然是瑪莉羅的事。」

「可可……以。」三木說，「什什……麼時候？約約……在哪？」

「現在，可以嗎？我正在你的套房門前。」雅仁說。

「可可……以啊……。」三木說，不假思索地把門打開。

雅仁就站在門前。她這天身穿一襲紅色旗袍，腳蹬鮮紅色高跟鞋，且濃妝豔抹，看來華麗十分，卻也有幾分風塵味。

雅仁見著三木時嚇了一跳，立刻用雙手把雙眼捂起。

「怎怎……麼了？」三木問。

「能勞煩你把衣服穿上嗎？」雅仁說。

「我在在……家裡總……不穿穿……衣服的……。」

「那……可不可以拜託你至少掛點東西在身上？」

三木轉身，環顧四周，最後走進浴室，拿出一條鵝黃色大毛巾，將下半身圍起，又走向門口，請雅仁進來。

「請請……坐……。」三木指著木椅子說。

雅仁點頭，並落坐。

三木倒杯熱咖啡給雅仁。雅仁一面道謝，一面接過。這時，她注意到三木的木桌上擺有一張裸女畫像，似乎就是先前與她有過一面之緣的美華。

三木自己也斟上一杯咖啡，然後坐在床上，雙腳打得很開。他啜口咖啡，問：「妳妳……找我談談……什麼？」

雅仁一不小心瞥見三木那在大毛巾下的東西。

她刻意將眼神往上看，啜口咖啡，說：「你知道，我即將嫁給瑪莉羅的父親，成為瑪莉羅的長輩。坦白說，我不像瑪莉羅父親如此擔心受怕。其實我很開放，一直認為你們年輕人有自己的思考，她的選擇不一定就不正確，因此不管瑪莉羅跟誰在一起，或者要上哪去，我都贊同。」

三木專心聆聽，但似乎沒打算接嘴。

「但是呢！因瑪莉羅很單純，所以我很擔心她被人欺負。」雅仁又說。

「誰誰……欺欺……負她了？」三木問。

「我只是打個比方。」雅仁說，「我的意思是，我很擔心她在感情方面受到傷害。」

「誰誰……在感感……情方面傷傷……害她了？」三木又問。

「我只是打個比方啦！」雅仁不耐煩地說，「總之，我希望瑪莉羅的愛人，無論他是誰，可專心一致愛她，只愛她一個人。」

三木喝口咖啡，漠然看著雅仁。

雅仁再次啜口咖啡，說：「坦白說，我覺得你跟我是同種類型的人。」

「什什……麼意意……思？」三木問。

「我們都是那種，呃……為了一些物質上的因素，可妥協感情的人。」雅仁又說。

「那是什什麼……意意……思？」三木又說。

雅仁瞥三木一眼，心想他在裝傻，可是看他十足認真的表情，又覺得他有點天然呆。

「總之，你好好對待我們瑪莉羅。」雅仁說。

三木未接話，僅啜口咖啡。

默然半晌。

雅仁這時拿起三木桌上的裸女畫，問：「這是你的作品？」

三木點點頭。

「確實畫得不錯，」雅仁說，「不過這女人是誰？」

「一……個朋朋……友……。」

「朋友？」雅仁問，「是卡夫卡咖啡館的那個女職員嗎？」

三木又點點頭。

「你請她來你的房間，她光著身子，你幫她畫圖嗎？」雅仁問。

「是是……。」三木說。

「何時畫的？」雅仁又問。

「前…幾天，她忘了……將將畫帶帶……走……。」

雅仁略感訝異，說：「原來你這麼下流？」

「下下……流？」

雅仁笑了笑，說：「好啦，別再演了，你別以為我真那麼天真，我才不相信你真那麼憨直。這世界從來只有笨沒所謂天真。且外在最天真的人往往城府最深。欸，你這傢伙別裝了好不好？很假耶。」

三木皺眉，說：「我我……不不……懂妳妳……在說什麼。不過我忽忽……然發現妳妳……有一種十分特特……殊的美感，我想想……把它捕捉下來，不知妳願願……不願意？」

雅仁的臉頓然紅了，這是她第一次受人如此誇獎。「要花很多時間嗎？我待會還得去美容院做頭髮……。」

「最少……三個個……小時……。」三木說。

雅仁想了半晌，說：「好吧，我願當你的模特兒，這可是為了我們的瑪莉羅，我希望你好好對待她。」

三木起身，在畫架上攤平一張純白的紙。接著請雅仁上床，側躺，臉朝向他，且要她露出笑容。

雅仁照做。在躺上三木枕頭時，她聞到一股很好聞的味道。

三木看著雅仁的笑容，自己也泛出笑意，並直誇她笑容很美。後來，三木將鵝黃色大毛巾拿開，開始替雅仁速寫。

15

因這該死的禁足令，瑪莉羅無法出去見三木。

或許對很多人而言，成年早已不存在所謂禁足令，但事實上瑪莉羅內心仍十分敬重父親（畢竟他可是她唯一親人），不敢違抗父親命令，只得獨自躲在房裡哭泣。

這夜已是瑪莉羅被禁足的第七天。

當班加多捧著一桶肯德基炸雞進入瑪莉羅房間時，她正坐在未開燈的黑暗房間地板上。雙手擱在曲起的雙腿上，右手的指間夾著一支未點燃的菸。手機擱在腳踝邊，一臉失落地凝視正下著雨的窗外[10]。

「瑪莉，一切還好嗎？」班加多問。

瑪莉羅忽落淚。

「怎麼了？我親愛的妹妹……，」班加多拿起一塊炸雞，「來，吃塊炸雞。」對班加多而言，瑪莉羅依然是那個只要吃炸雞就會笑嘻嘻的小女孩。

「班哥哥，我的好Apang[11]，妹妹不餓。」瑪莉羅說。

深感落寞的班加多將雞塊放回桶內。

「在我被禁足的這段期間，他為何不打電話給我？為何不傳簡訊給我？」瑪莉羅一面說，一面用手撫摸腳邊手機，「也許他根本不在乎我。」

「我想不是的。」班加多說，「也許他在忙吧。」

「班哥哥，我已經被禁足七天了。你知道嗎？我一點都不在乎被禁足，」瑪莉羅說，「但已七天了……他都沒關心我……。」瑪莉羅一面說，一面哭了起來。

「或許妳可以試著打電話給他，」班加多建議道，「也許他被要事給耽擱了。」

「班哥哥，我親愛的Apang，」瑪莉羅說，「我是女孩，有我的矜持，不該由我打電話的。他為何不打電話給我？就算有事耽擱，至少也得打電話跟我說一聲呀。也許他正跟美華快樂地約會呢！班哥哥，我想他並不喜歡我，班哥哥，我想他並不愛我，班哥哥，我想這世界不會有人喜歡又黑又胖的我……。」

班加多輕撫瑪莉羅的臉，說：「我的好妹妹瑪莉，妳是最最最可愛的！這世界有人愛妳的，請妳相信我……。」

「你總是這麼說，」瑪莉羅說，「但我都二十好幾了，仍然沒人愛過我……。」

「會有的，會有的……，」班加多說，「那愛妳的人值得妳等待的……。」

「其實……外星人它們也這麼跟我說，還說那人就是三木，而且他會愛我到永久，班哥哥，你覺得它們是對的嗎？我該相信它們嗎？」瑪莉羅問。

班加多沉吟半晌才點頭，說：「它們從沒騙過妳，不是嗎？」

瑪莉羅嘆了口氣。

「班哥哥，我好冷，我需要你的溫暖，你可以抱我嗎？」瑪莉羅問。

班加多聞言，把身上衣物全部退去，接著裸身坐在地板上，輕輕將她摟住，並開始親吻她。

翌晨，班加多離開瑪莉羅房間時，看見羅老頭在角落處心急地跟他招手。

班加多向羅老頭走去。

「我衷心的僕人班加多呀，」他問，「我寶貝女兒瑪莉羅好點了嗎？」

「她很不好，」班加多對羅老頭說，「老闆，你不該如此殘忍……。」

「班加多呀，你認為我該怎麼做？」羅老頭問。

「讓她去見他。」

「可是雅仁說，我該適時硬下心來，否則，瑪莉羅會越發不像話，」羅老頭說，「且我已下了命令，這兩週不讓她出門。我不能自摑嘴巴，必須維持父親尊嚴。」

「可是她很傷心。」

「班加多，你要理解，我絕非鐵石心腸，也不反對她交男朋友，只是我們必須給瑪莉羅上一課，她最近太放肆了。」羅老頭又說。

「她一直哭。」班加多說。

羅老頭嘆口氣，說：「這下該怎麼辦才好？我這個當爹的似乎太殘忍了。」

「的確殘忍。」班加多說。

羅老頭又嘆一口氣。

「而且瑪莉羅最近很憂心，因為三木已多天未與她連絡了。」班加多又說。

「那傢伙沒與她連絡？」羅老頭感到驚訝。

「是。」班加多說，「在瑪莉羅被禁足後，他一通電話也沒打給她。」

「這可真不是辦法，」搓著臉的羅老頭說，「你帶她出去見他好了，但千萬別讓她知道，是我要你帶她出去的。」

班加多點頭。

16

口罩女這時說：「說到炸雞，我也餓了。老闆，能否招待點什麼？你也知道，我是孕婦。」

老闆爽快地點頭，說：「有呀，我有炸雞，不過都冷凍的，且現在沒電，不能微波耶。」說到這時他抓抓臉，說：「三明治好嗎？我還有些現做三明治。」

口罩夫妻同聲說好。

「那麼作者先生，稍等我一下可不可以？」老闆說。

「當然可以。」我說。

老闆快步走向吧台，不一會便端著一盤三明治走回。

「共有三種口味：黑胡椒鮪魚、馬鈴薯豬肉排跟芝士牛肉，」老闆說，「各位自己選吧，今天都算我的。作者先生優先吧，你喜歡什麼口味？」

「我不用啦，我不餓。」我說。

口罩男這時說：「那麼我們就不客氣了。」他拿了豬肉跟鮪魚三明治，並將鮪魚三明治給口罩女。

口罩女接過三明治，打開，稍拉下口罩，嗅了一下。

「怎麼啦？」老闆問。

「停電停了這麼久，擔心你三明治壞了。」口罩女戲謔地說。

「不會那麼快壞的。」老闆說，「聞起來沒事吧？對吧？」

「我這個是沒事。」口罩女聳聳肩。

「那我也來聞聞！」口罩男說完，也稍拉下口罩，深聞一口，說：「是臭酸的呀！」

老闆露出狐疑表情，拿下牛肉三明治，聞一口，說：「根本沒問題！」老闆娘也拿另個聞，說：「我也覺得沒問題！」

口罩男說：「嘿嘿，我開玩笑的啦，換我反整老闆。這三明治可香的咧。」

「哼，真給你唬到了。」老闆說。

「奇怪……，」口罩女說，「我好像飽了。」

口罩男也說：「我也是耶，忽然好撐的感覺。」

老闆夫妻也覺如此。

四人不約而同將三明治放回盤上。

「既然大家都飽了，那麼我們繼續故事吧。」我說。

當班加多見到三木時，他正坐在上回他與瑪莉羅約會的桃樹下，一面

抽著菸，兩眼放空地看著水鬼湖。班加多走到三木面前，雙手插在腰肢上，以凝重眼神瞪著他。但三木彷彿沒見到他一樣。

班加多劈頭便以嚴厲口氣問：「你為何不打電話給瑪莉羅？」

三木這時彷彿忽醒了過來，說：「是是……你？」

班加多露出納悶神情，問：「我特地過來找你的，你知道我們瑪莉羅現在正因你而難過嗎？」

「你……有有……沒有聞到？」三木並未理會班加多的提問。

班加多皺起眉頭。

「你有……沒有聞到一……種香草草……味道？」三木又問，「好奇奇……怪，我老聞到到……一股香香……草味道……。」說完，他輕拍自己鼻子，猶如在修理故障的電視或收音機一樣。

「我管你什麼味道！」班加多說，「我問你，你跟我們家的小姐到底是不是認真的？為何不打電話給她？」

三木聳肩，說：「這這……幾天我有個個……老老……朋友說他快快……死了，請請……我替他他……速寫，所所……以很忙……。」這時，他在落葉湖對岸看見一個手撐鮮黃色洋傘的女人。他覺得那把傘似曾相識。

「就算忙也不該完全不跟她聯絡啊。」班加多又說，「你到底愛不愛我們家小姐？你不要欺負她，她很單純的，若你不是認真的，請你離開她。」

「我想想……她應應……知道……。」三木解釋道。

「知道什麼啦？少顧左右而言它！所以你愛她？」班加多問。

「我想想……她應應……該知道……。」三木說。

「她應該知道你愛他？」

三木不置可否。

「你這蠢蛋，愛就要說出來呀，你不說，她怎知道你愛她？」班加多又說。

三木望著湖面，說：「我我……想她知知……道的……。」

班加多嘆口氣，接著告訴三木，瑪莉羅想見他。

三木聳聳肩，表示自己可以見她。

「可以見她？」班加多問。

「當當……然，我我……可以見她……。」三木說。

「你們多天沒見面了，難道你不期待見到她？還是見她這件事很為難，所以你得『可以見她』？」班加多說到這時大為火光，甚至想揍他。

「為為……難？」三木面露疑惑地問，「我我……為何要要……感到為難？你你……們印印……尼人說說……話真真……奇怪……。」

班加多聞言，差點吐出血來。他不想再跟這傢伙廢話，然而為避免瑪莉羅受傷，他得跟三木交代一番，於是說：「你一定得想出好的藉口，以讓瑪莉羅明白，你這幾天沒與她聯絡是情非得已。」

「藉藉……口？」三木又問。

班加多感到十分無力，他覺得三木是個白痴。「總之你聽我說，你今晚跟瑪莉羅見面時，就說你的手機壞了，這幾天才未跟她聯絡，但是你很想她。這樣你能理解嗎？」

三木皺眉看著班加多。

「能理解嗎？」班加多這回用吼的。

三木又聳聳肩，說：「你你……真沒聞聞……到香草味道嗎？奇奇……怪了……。」說完，他又拍拍鼻子。

稍晚，捧著一桶肯德基炸雞的班加多抵家後，直奔瑪莉羅房間。

瑪莉羅整個人躲在棉被下。班加多走向前去，坐在床沿上，輕輕拉開她棉被，看見她正在啜泣。

「又怎麼了？瑪莉，」班加多說，「我可愛的小天使……。」

「他仍沒打電話給我。」正啜泣的瑪莉羅說，整張臉因窒悶而發紅，像個發高燒的小女孩。

「妳猜怎麼著？」班加多喜孜孜地說，彷彿中了樂透一樣。

瑪莉羅旋過臉來。

「他今天來家裡找妳啦！」班加多說。

「什麼？」

「我說他今天來家裡找妳啦！」班加多重複道。

「什麼？」瑪莉羅一把推開棉被，「你說的是真的嗎？」

「他說他的手機壞啦！」班加多說，「所以才沒打電話給妳。」

「真的？」瑪莉羅終於破涕為笑。

「他說他想死妳了……，」班加多接著說，「他想跟妳見面，我跟他約定好了，就在今晚九點，在卡夫卡咖啡館。」

「太好了太好了，班加多，」瑪莉羅說，「原來是手機壞了，原來他沒有忘記我……。」

班加多看著瑪莉羅的笑臉，感到十分寬慰。

「現在想吃炸雞了吧？」班加多把炸雞桶挪到她面前。

瑪莉羅點點頭，取出一塊炸雞吃了起來。

班加多見瑪莉羅津津有味吃著炸雞，很感寬慰，彷彿看見幼時的她一樣。

班加多與瑪莉羅抵達卡夫卡咖啡館時，三木已在裡頭。令瑪莉羅意外的是，阿杉也在一旁。

三木見著他們時，未打招呼，僅一顆又一顆吃著手上的M&M's巧克力。

「你沒看見我嗎？」瑪莉羅問三木。

三木抬起頭，見到瑪莉羅後，臉上堆起溫暖笑容，說：「妳妳來……了，我我……很高……高興看到到……妳……。」

「是嗎？」瑪莉羅冷冷地說。瑪莉羅這才發現三木已有幾分醉意。

「三木，你是不是有事得告訴瑪莉羅？」班加多提醒三木。

三木對班加多點頭，再對瑪莉羅說：「班班……加多要我告告……訴妳，我因為手機壞了，所所……以這這……幾天沒能能……打電話給給妳，我……很很……抱歉，但我我……很想想……妳……。」

「班加多要你說的？」瑪莉羅這時瞪班加多一眼，班加多又瞪三木一眼，三木則看阿杉一眼。阿杉感到莫名其妙。

「你們倆先坐下來吧。」阿杉說。

瑪莉羅與班加多落坐後，三木將手放上瑪莉羅手背，說：「看看……見見……妳真好……。」說完，啜口手上的威士忌。這句話讓瑪莉羅稍感寬心，不過她知道三木已醉了。儘管她不喜歡威士忌，但她不得不承認，微醺的三木看來非常可愛。

「對了，」阿杉說，「三木剛跟我在討論你們去非洲的事呢。」

「怎麼了？」瑪莉羅說。

「我我……們不能去去……非洲……。」三木說。

「為什麼？」

三木聳聳肩。

阿杉接著說：「妳父親和雅仁跟三木見過面了，他們不希望你們去非洲。三木認為既然妳父親會擔心，你們就別去好了。」

「你跟他們見過面了？」瑪莉羅問三木。

「見見……過過……了……。」三木說。

「是不是我父親威脅你不准帶我去非洲？」瑪莉羅激動不已，「雅仁是不是也在一旁煽動？」

三木未回應。

「是不是？」瑪莉羅又問。

「什什……麼？」三木看著瑪莉羅說。

「我們一定得去非洲！」瑪莉羅說，「我們不能讓他們阻擋我們，我們都有理想，我們一定得去！」

「什什……麼？」三木根本搞不清楚狀況。

瑪莉羅看著三木說：「你該堅持你的理想，堅持我，帶我去非洲！」

三木聳聳肩說：「妳妳若……堅持……，那我我……們們……就就去吧……。」

瑪莉羅此刻深擁三木，堅定地說：「我們一定得去！」

班加多看了他們一眼，感到莫名其妙，他覺得這齣戲演得太奇怪了。

這時我感到口渴，於是啜口咖啡。

「說奇怪我倒覺得還好，」口罩女說，「人的性格裡本就存有反抗本能，而這反抗本能在被壓迫時，會更顯露出來。我認為這能理解的，就如同不被祝福的情侶，通常會愛得更濃烈一般。這在心理學裡面，就叫『羅密歐與茱麗葉效應』。」

「呿！聽妳在扯淡！」口罩男忍不住吐槽。

「說得十分沒錯啊，其實反抗本是一種浪漫，而浪漫總是吸引人的。誰不想當浪漫的主角呢？」女鬼小姐也說，「這世界人人都喜歡受關注，但有時世界未必如此浪漫，人就得自己創造浪漫了！」

「這麼說來，無病呻吟大概也是種製造浪漫的方法吧？」我說。

眾人露出不解神情。

「好吧，當我沒說。」我說。

「奇怪了……，」老闆搔搔頭說，「剛作者先生提到香草味道時，我竟也嗅到一股香草味道。」

「經你這麼一說，」口罩男說，「我也好像聞到了，我還以為是我口罩沾到什麼了呢。」

「我也是耶！」口罩女也說。

「老婆，妳呢？」老闆問女鬼小姐，「也聞到嗎？」

她點點頭。她懷裡的瑪雅此刻也皺鼻，彷彿也聞到什麼味道一樣。

「那你呢？」老闆問我。

眾人看著我。

我皺起鼻頭，仔細嗅了幾次，說：「我什麼也沒聞到。」

17

再過幾天就是瑪莉羅的生日。

羅老頭進瑪莉羅房間告訴她，他行將替她舉辦一個超級盛大的派對，而當天她就得以解禁，可隨時出門了。

「我們也歡迎三木來！」羅老頭雙手撐開，刻意以欣喜姿態說道，猶如小丑揭開馬戲團序幕一般。

但瑪莉羅未理會父親。

「瑪莉，」父親走向她，「還在生爹爹的氣嗎？」

瑪莉羅仍沉默。

「妳要知道，爹爹並非反對妳交男朋友，只是去非洲這事，我真無法放心，而且這一切太突然了。我知道妳很喜歡那男孩子，也見過他了，他說他並非一定得立刻啟程。妳難道不能稍加考慮嗎？我曾聽說，非洲經常發生搶劫、強暴事件，且愛滋病比例極高，真的很嚇人！在台灣也很好呀，未必在台灣就無法當個成功的藝術家；若真有才，在哪裡都能嶄露頭角的。」

瑪莉羅仍噤口，心想父親太虛偽了，明明強迫三木放棄赴非念頭，卻又貓哭耗子假慈悲。父親這一席話，讓她聯想到過去他替自己小說所安排的那些不名譽之事，對他的厭惡又更深一層。

羅老頭對於緘默的女兒感到無可奈何，於是說：「好吧，我想妳現在不想見我，那麼，我先出去了。妳何時願跟我說話，再跟我說吧，我的乖女兒。」

「還有，」羅老頭說：「對於那巴掌，我很抱歉。」

羅老頭步出房間之際，酸切地看她一眼，瑪莉羅仍不說話。

羅老頭離開房間後不久，瑪莉羅拿起桌上手機，撥給三木。

接通後，她對三木說今晚想跟他見面。但三木說，他得參加一個派對。

「派對？」瑪莉羅問。

「對……。」三木說。

「什麼樣的派對？」

「我的的……一個老老……朋友舉舉……辦的派對……。」三木說。

「老朋友？」

「對對……，」三木說，「七七……十多多……歲了……。」

「什麼？」瑪莉羅偶爾搞不清三木的邏輯。

「他是是……我過過……去的速速……寫客戶……，」三木說，「他上上……週死了，他老婆替替……他舉辦一個個……派對，慶祝生生……命的結結……束……。」

「慶祝生命的結束？」瑪莉羅說，「真奇怪的派對。」

「不奇……怪怪……，」三木說，「若慶……慶生不奇奇……怪，慶死為為……何奇怪？」

「似乎也有點道理。」瑪莉羅說。

「妳妳……呢？要要……不要一……一起去？」三木說，「老太太會會……希希……望多點人人……去的……。」

「好。」瑪莉羅說。

「阿杉和和……班班……加多若有空，也請請……他們們……一起去吧……。」三木又說。

他們一行人抵達老太太的家不久，一個僕人上來接門，並帶他們入屋。屋內擺滿點燃的粉紅蠟燭，牆上從左到右貼著一排老先生從年輕到老的畫像——其中幾張出自三木之手。身穿一襲黑色套裝的老太太獨坐在紅色沙發上，看著桌上一疊照片。

「老老……太……太！」手抱一個蛋糕盒子的三木喊。

老太太抬頭，看見三木，臉上露出苦澀笑意。他們幾人都看見她臉上的淚痕。「三木你來了，我很高興你能來。」

「老太太，您好。」瑪莉羅與阿杉同聲問候。三木向老太太介紹他倆。

「而這這……位是班班……加多，印印……尼人，」三木又說，「他在在……瑪莉羅父親麾下做做……事……。」

老太太與班加多互視微笑。

「老先生若知道你來，一定會很高興的。」老太太看著三木說，接著又對大夥說：「大家坐呀。」

他們一行人坐上紅色沙發。眼前一桌盛筵。

「這是我請外燴師傅準備的，你們趕緊趁熱用吧，別客氣。」老太太招呼道。

眾人稍遲疑，直到三木抓起一隻香草檸檬烤雞腿往嘴裡塞，其他人才紛紛跟進。但瑪莉羅只拿起一根胡蘿蔔棒啃。

他們吃東西時，老太太跟他們談起她與老先生的故事。

老太太說，老先生幼時家境極窮，母親久病不癒，弟妹又得吃飯，他為減輕家裡負擔，十六歲入贅她家。不過原本雙方家長安排的並非老先生，而是老先生的哥哥，何奈相親當日他生了病，未能參加，於是換成老先生代打，結果這一代打就是一輩子。不過她說這一切都是緣分。

老先生自身十分爭氣，不但書念得好，也極有本領，二十年前甚至拯救了她家瀕臨破產的事業。老太太說，若非老先生大膽改革，她家的事業早結束了。

老先生死得猝然，還沒來得及與老太太道別，即撒手人寰。那晚她聽見他在半夜咳嗽，接著坐起身子，直說自己胸悶，雙臉發紅的他捂著胸口、喘著大氣，很快就不醒人事。後來儘管及時送醫，仍不敵自然終結者的召喚，隔天就走了。

「我知道人生無常，也明白生命總有終了的一天，我也並非跋扈的人，不要求老天不帶走我心愛的人，但至少也給我一些時間，讓我好好跟他道別，何必如此急迫呢！」老太太說到這時，不禁用衣袖揩拭滿是淚水的臉頰，又說：「不過我最好別再感傷，他肯定不喜歡的。也別讓你們尷尬，是不是？」

她硬擠出笑容，拾起擱在沙發上的相簿，逐一向眾人介紹老先生的照片。其中一張是老先生與她背倚背坐在湖畔的照片，朝暾將二人頭髮照得閃亮亮，看來幸福滿溢。

瑪莉羅看著照片，發現年輕的老先生很是帥氣，而老太太則與現在的她相去不遠，圓滾滾的身材未有改變。瑪莉羅忽覺這對老夫婦宛若她跟三木的翻版。也許他們確實相愛，但總有一天，會有一方先離開吧？瑪莉羅想到這時，不禁感傷起來。

後來老太太翻到一張讓眾人大吃一驚的照片，那是年輕的老先生裸身站在綠絨絨草原上抽菸的照片。他的頭往右下方撇去，一雙迷濛雙眼也往下注視，像在深思。他陰莖是勃起的，卻一點情色意味也沒有。瑪莉羅看見那張照片時，感到害臊，又忍不住多看幾眼。

「以前我倆很趕時髦，會互拍裸照，」老太太說，「但後來我害羞，於是將自己的裸照給丟了。」

「很有意思呢。」阿杉盯著照片說。

「那是我們大學時代的照片，當時的他年輕又帥氣，班上很多女生迷戀他，他卻堅持只愛我一個人，只愛我一個人呀！你們知道嗎？他並未騙我，一直到死都未騙我……。」說完，老太太深吸一口氣。

「時間誠然過得太快，五十餘年的相愛，那如此深切的愛情，竟結束得如此突然，彷彿我昔日所擁有的只是一場夢。夢乍然醒了，只剩年老色衰的我孤獨地存在。有時想想，世界很荒謬啊……。」老太太說到這時，眼眶又盈滿淚水。

瑪莉羅這時輕摟老太太，試圖給她一點溫暖。

「唉呀！」老太太一面揩拭面頰，一面說，「真是不好意思，我又失態了！影響大家食慾，真丟人啊。」

大家都盯著老太太看，臉上既帶有尷尬，又有不捨。

老太太這時跟三木說：「這陣子真的很感謝你，老先生非常喜歡你的畫。他在第一次讓你畫過後，直嚷著再讓你畫。幸好在他生前的最後一個禮拜，你又替他畫了幾張，也算了卻他生前的一樁心願，真是非常感謝你。」

「我……很很……榮榮……幸替他……畫圖……，」三木說，「而且……我也也……在他身身……上學習習……到很很……多……。」

這時忽響起〈張三的歌〉，原來是阿杉的手機響了。瑪莉羅對阿杉將〈張三的歌〉設為鈴聲的這件事，稍感納悶。

「各位，不好意思，我接個電話。」阿杉說，接著起身，到大廳角落接電話。

一會兒，他返回，對三木與瑪莉羅說：「我朋友剛打電話來，關於非洲的一切，他已替你們打點妥善了呦！等你們抵達南非約堡後，會有人接待你們的。屆時他會替你們辦各國的假工作證，你們愛待多久就待多久！」

這時又傳出手機震動聲，這次是三木的手機。他將手機自口袋裡拿出。

「你們要出國？」老太太問。

「是是……呀！」三木一面看著手機，一面說，「瑪莉莉……羅跟我我……打算……算去去……非洲……。」

「非洲？」老太太感到訝異。

三木說：「我們們……要要……去尋尋……找創創……作靈靈……感……。」說完，他接起手機，細語幾句後，便掛上，並把手機放上桌面。

「你們真有想法！」老太太說，「這樣很好，年輕人就該多走、多看，且有自己愛人同行，一切更有意思的。唉，說到這就令人惋惜，我跟我老伴原計畫去法國一年，可是根本還沒來得及出發，他就死了。我真羨慕你們呢！」

瑪莉羅心疼地看老太太一眼。

「不過去非洲好嗎？家裡不擔心嗎？」老太太又問，「啊，我還是別問太多，以免滅了你們的興致。很不好意思！人老了，就忍不住囉唆。」

「不會的，」瑪莉羅說，「老太太您的出發點是關心，我們可以感受到，不像我父親，哼，那傢伙根本不擔心我，他只想控制我，綁住我……。」

「怎麼回事？」老太太問。

「我父親不讓我跟三木去非洲，他甚至還恐嚇他——」瑪莉羅此刻看向三木，「他甚至還恐嚇他不准帶我去非洲！」

「並……沒有……，」三木說，「妳妳……父親沒……恐恐……嚇我。我只是……覺覺……得若妳父父親……擔心，我們可暫暫……暫緩，反正……未來……還還……有機機……會……。」

「分明就有！」瑪莉羅說，「你別再替我父親說話，我知道他的性格，他是一個固執己見的人，他認為他所想的一切都是對的！」

「老實說，瑪莉，你父親並沒恐嚇他，他的目的只是……。」班加多這時也說。

「你閉嘴！班加多。」瑪莉羅怒斥道，「這裡沒你發言的權利！」眾人此刻對瑪莉羅的態度大感詫異。

「反正我一定要去非洲，你——」她此刻看向三木，「一定要帶我去！」

「去去……就……去去……吧。」三木又說。

「年輕人應該聽父母的話，」老太太說，「但父母若太霸道，鬧點小革命並非不好，只是得小心，別傷害真正深愛自己的人。無論是什麼樣的締結，世上能有真心愛自己、關心自己的人存在，總是一件美好的事。」

瑪莉羅憶起父親那晚打自己巴掌的模樣，不禁鼓起雙頰。

「那你們打算何時出發？」老太太問。

「下個月初，我生日隔天。」瑪莉羅說。

「真不跟父親知會一聲嗎？」老太太問，「他會擔心的。」

「我才不要！」瑪莉羅說，「我們決定偷偷出發，嚇死他，反正他也不愛我這女兒；對他而言，沒差啦！」這時，瑪莉羅盛氣凌人地瞪了班加多一眼，猶如在恐嚇他，若他敢密報，她就殺了他或自殺。

「去多久呢？」老太太對他們私奔很感興趣，也許有些羨慕他們吧。

「也許去一輩子不回來！」瑪莉羅說「我不想再見到我父親！」

班加多聽見這句話，不禁緊皺眉頭。

三木此刻站起身子，表示自己得上廁所。老太太請傭人帶三木到廁所。

三木離席後，瑪莉羅拿起他手機，看一眼已接來電，發現是美華打來的，感到十分不爽。她心想，儘管三木表示他與美華只是單純朋友，但難保美華對三木不只有朋友情誼。

「反正只要到非洲去，就不必擔心他被別人搶走，就能完全擁有三木了。對，我一定得去非洲！」瑪莉羅下定決心。

一會，三木回到座位。

「對對……了，老老……太太，」三木說，將桌上那盒蛋糕打開，「這是是……您要要……的大大……麻蛋蛋……糕……。」

「多少錢？」

「不不……用用……錢……」

「怎能免費呢！」老太太說，伸手招呼傭人過來，「我一定得給你錢。」

「真的的……不用……」三木又說，「不然就當當……做您您……今日招待我我……們的見見……面禮禮……吧……。」

老太太不再堅持，接著拿起一塊大麻蛋糕，說：「我家老伴經常說他這輩子嘗試的事太少。他和我原打算吸毒的，一次就好，可是我們擔心自己年老了，吃不消，也害怕一次就上癮，因此遲遲不敢動作。但此時我老伴死了，我得獨力完成我們未能完成的事，好像一次性的吸毒，或赴法國旅居一年。或許，從另一層面而言，我也不全然是獨力，我將與他的精神同行，所以此刻我打算先嘗試大麻，我想這是最微柔的毒品吧！況且尼采也曾說，若一個人欲擺脫抑悶，就得吸食大麻。那麼，我先試試看吧……。」老太太說完，閉起眼睛，將蛋糕一口吞入。

當老太太張開眼睛時，發現自己身在一處漫無邊際的大草原。稍有涼意的微風習習吹著，身穿一襲白色洋裝的她，感到自己裙襬正隨風搖擺著。

她深吸一口氣，聞見草原與泥土的清香。一瞬間，她覺得自己成了一個少女。她垂眼看自己右手，又見著皺紋及老人斑。她此刻深覺怪異，好像她只是一個身穿少女服飾的老婦人。

這時，她在前方看見一個以背影朝著她、左手叉在腰肢上的赤裸男人。他垂下的右手指間夾著一支點燃的菸，煙霧自菸頭始向天空裊裊升起，遠遠看去，彷彿有一隻看不見的金魚正拍打著白色煙霧，緩緩游上天一樣。

前頭的赤裸年輕男子讓老太太不禁害臊起來，也使得她心跳加速；這與她十七歲時初見老先生裸體的感覺幾乎如出一轍。

這時，老先生的臉忽浮現在她腦海，她也突然意識到自己愛人已死去的事實。她禁不住低頭哭了起來，同時看見淚水從她臉上墜落……。

當她抬起頭時，看見方才的赤裸男孩此刻已然站在她面前。

她嚇了一跳，原來他竟是年輕的老先生。

老太太不禁用手捂住嘴巴，驚愕得幾乎要叫出聲來。

正在吸菸的老先生雙眼迷濛地看著她，接著將指間夾著菸的手緩緩放下，吐出一口煙。

老太太聞見這熟悉的菸味，不禁又哭了起來。

「你……你……，」老太太用雙手輕輕捶打老先生的胸膛，哭喊：「你為什麼走得這麼突然？為什麼留下我一個人？你為什麼這麼殘忍？為什麼？……你說呀，為什麼？」

老先生不發一語，僅傾身緊緊抱住她。

「噓……。」老先生在老太太耳邊輕聲呢喃幾聲後，深深地吻了她。

18

這當下，電力總算恢復，咖啡館又亮了起來。

大家因無法立刻適應這驟然而來的光亮世界，而紛紛將雙眼微瞇起來。

稍後，當我的雙眼適應光亮後，發現現場似乎少了一個人。

「老闆，你太太呢？」口罩女早我一步問道，「她上哪去了？」

「她在燈光下，無法現身的。」老闆說。

「為什麼？」口罩女問。

「鬼怕光啊，」他說，「我老婆已死去多年了呀……。」

我們嚇了一跳。

「有時候她感到無聊，我就請她來跟客人坐坐。」他又說。

「真的還假的啊？」口罩男問。

「這次我可沒騙人，」老闆說，「要不她人呢？剛才分明還在這的！」

口罩夫妻面面相覷。

「不過你們別怕，我老婆很善良的，她只是怕寂寞而已……。」老闆又說。

「老公，你又嚇唬人了，我只是蹲下身子撿個東西，你就說我死去多年……。」女鬼小姐忽自桌底爬起。

老闆噗哧而笑，說：「你們還真好騙呢！」

「老闆，你真無聊！」口罩女說，「嚇唬孕婦有罪的，你不知道嗎？」

「就是！」女鬼小姐也說，「淨開一些無聊玩笑。」

「你們真沒幽默感，」老闆說，「算啦算啦，我們還是聽作者先生說故事吧……。」

瑪莉羅的私奔計畫是這樣的：

她將在家裡過生日，假意跟父親和好，並跟父親說自己已決定不去非洲，打算跟三木在台灣共創未來。然後在生日派對結束、父親上床之際，就跟班加多偷跑出去，與三木在卡夫卡咖啡館會合，再搭深夜班機赴非，澈澈底底離開該死的台灣。

在這之前，在阿杉建議下，她已將父親過去替她儲蓄的千萬台幣換成美鈔，包妥置於行李箱底層。在生日派對前，她會讓班加多悄悄將錢及行李偷渡給三木，以便他們深夜逃出。

「一旦抵達非洲，」面露得意奸笑的瑪莉羅想著，「我們就得以愜意地過著小倆口歡快的日子了……。」

瑪莉羅的生日很快來臨。

羅老頭為討瑪莉羅歡心，很是費心打點這次生日派對。除了自身一襲咖啡色的名牌燕尾服外，客廳也裝飾得十分華麗，讓現場賓客幾乎以為自己身處皇宮。此外，因臨時找不著瑪莉羅的朋友赴宴，羅老頭於是花錢聘了一班年輕男女扮演自己女兒的朋友。

當瑪莉羅身穿白色、像婚紗禮服的洋裝緩緩從樓梯間走下時，那群臨演朋友便開始拍手。頻率及聲響都相當規律，再加上此起彼落的讚嘆聲，場面顯得熱絡不凡。

瑪莉羅明白在場嘉賓全是演員，不過她也很享受於此（她幻想自己就是好萊塢巨星），況且她今晚得和父親假意和好，是該表現出開心的樣子。

瑪莉羅下樓後，羅老頭捻了個響亮的彈指聲。

傭人立刻入廚房，不久後推出一個上頭印有瑪莉羅幼時照片的超級大蛋糕。照片中的她約莫五歲，胖胖的雙頰兩側垂掛著綁上粉紅色蝴蝶結的辮子，看來天真無比。

看見巨大蛋糕的瑪莉羅感動不已，於是上前一步，給父親一個擁抱。

然而，她又想起自己應對羅老頭生氣，於是又離開他，但又想起今日得演戲，故又堆起笑臉，對父親說：「爹爹，謝謝你。」

羅老頭見女兒對自己的怒氣總算冰釋，年近六十的他居然哭了起來，隨即感到害臊，於是躲到一旁揩拭眼淚。

目擊父親哭泣的瑪莉羅忽感到無所適從。她明白自己應繼續討厭父親，並演出一場假和好的戲碼，然而她卻委實原諒父親了。

瑪莉羅看著父親哭泣背影，也不禁落淚，但隨即又將淚水吞回肚子。腦裡亂糟糟的她，忽想跟阿杉談談，於是走到無人角落，拿出手機，打給阿杉。

電話響許久後，才有人接聽。

瑪莉羅聽見電話那頭傳來啜泣聲。

「阿杉，你在哭嗎？」

仍啜泣著。

「阿杉，是你嗎？你在哭嗎？」

這時才傳來阿杉聲音。「我沒在哭呦。」

「可是你聲音怎麼怪怪的？」

「感情真的是不能勉強的……。」瑪莉羅聽見電話那頭傳來隱約人聲。

「那誰的聲音？」瑪莉羅問。

「哦，是電視的聲音，我正在看韓劇，真傻，我竟為韓劇而哭……。」阿杉說。

「原來如此。」瑪莉羅說。

「妳打給我什麼事嗎？」阿杉說，「對了，今天是妳生日呢，生日快樂呦！」

「哦，謝謝了，可是我一點也不快樂。」瑪莉羅說，接著又低聲對阿杉說：「阿杉，怎麼辦？爹爹為這次生日派對費盡心思，他實在很疼我呢！我甚至不想去非洲了，你知道，其實三木也並非現在就得去。」

「妳可別忘了妳去非洲的原因呦，」阿杉說，「妳難道不想好好愛一場？不想寫出好作品？」

「也許在台灣也能做到啊。」

「妳若只待在台灣，就會因缺少經驗而寫不出好作品了，而且美華呢？妳不擔心美華嗎？」阿杉又說，「瑪莉羅，為了妳的小說、妳的愛情，妳一定得去非洲。」

「可是……。」

「別再可是了，相信我吧。」阿杉說，「我可是最看好妳的人呢！」

這時，盛裝的雅仁與剛哭完的羅老頭向瑪莉羅靠近。

瑪莉羅對阿杉說：「有人來了，我得掛了。」隨即將手機掛上。

雅仁問：「瑪莉，一個人在這幹嘛呢？」

瑪莉羅說：「我在講電話。」

雅仁又問：「今日怎沒約三木來？」

「他在忙。」瑪莉羅胡謅道。

「原來如此。」雅仁點頭，接著又說：「瑪莉，妳看這派對規模，應可知妳爹爹的心意，妳就別再惹妳爹爹生氣了。」

「我不會的。」瑪莉羅看著父親說，「事實上，我們已經打消赴非念頭了。」

羅老頭說：「坦白說，這幾天我也深深檢討。其實我也有錯，不該太干涉妳的生活，甚至決定若妳執意前往非洲，我親自跟妳去，幫妳張羅一切後再回來。我的乖女兒，妳要知道爹爹會支持妳的一切。」

雅仁這時也點頭認同。

瑪莉羅定睛望著年邁父親，忽一陣心痛。

「我到底在幹嘛呢？」瑪莉羅想，「我幹嘛欺負爹爹呢，老太太言之確鑿，我們著實不該傷害深愛自己的人……。」

這時，瑪莉羅忽上前擁抱父親，並在父親耳邊細聲說「對不起……。」

「別說對不起！」羅老頭輕拍女兒背部，「父女之間哪裡存有對錯呢，別說對不起，我的寶貝女兒……。」

「來，我們來切蛋糕吧，」雅仁說，「你們倆別杵在那裡，大家都在看呢！」瑪莉羅依依不捨地離開父親肩膀。

這時，客廳的燈忽而暗了。

那群專業朋友露出一致的板滯笑容，開始唱起生日快樂歌。

可是他們的歌聲卻讓瑪莉羅頭皮發麻，那竟是相當專業的二部合唱，聽來怪詭異的。但同時，她也能感受到父親所費煞的苦心就是。

瑪莉羅看著在燭光下微笑的父親，內心有種難以名狀的罪惡感。

生日歌結束後，眾人圍攏上來，哄瑪莉羅切蛋糕。

在瑪莉羅拿起塑膠刀之際，看見班加多遽匆匆地從外頭走進客廳，然後低頭快步遁入屋內。他整個人看來狼狽不已，不僅襯衫髒汙了，臉上也有傷痕，還全身濕濡濡的。此外，瑪莉羅在髒汙之中，似乎看見了血。

她心中忽有種奇怪感覺，但不想掃了大家興致，還是開開心心切起蛋糕。

生日派對結束後，瑪莉羅跟班加多在瑪莉羅房裡，等待離開時機。

「班哥哥，你今晚怎麼回來得這麼遲?你幾乎錯過了我的生日會。」瑪莉羅問，並用手撫摸班加多腫得誇張的鼻子，「還受傷了?發生了什麼事嗎？」

「我稍早拿錢和行李給三木後，赴酒吧喝點酒。步出酒吧之際，因下雨，地面滑濕，一個不小心，撞上消防栓了。」班加多說。

「怎麼那麼不小心？」瑪莉羅說，「你知道我很關心你，班哥哥，你知道我們不僅是僕人與雇主的關係，你得好好照顧自己，不要讓我擔心。」

班加多聽見瑪莉羅的這番說詞，稍感欣慰。

「那我們是什麼關係？」班加多問。

瑪莉羅說：「我們是兄妹啊，你是我永遠的 Apang。」

班加多聽見「兄妹」二字，不知怎地，竟感到失落。

「班哥哥，」瑪莉羅看著班加多說，「你會永遠當我的 Apang 嗎？不管發生什麼事，就算我突然窮了，還是病了，你會永遠照顧我嗎？」

班加多輕吻瑪莉羅右臉頰，柔聲道：「我會一直照顧妳，直到我死去的那天。」

「真的？」瑪莉羅問。

班加多將瑪莉羅的手放上自己左胸，說：「只要它仍跳動一天，我永遠是妳的 Apang。」

瑪莉羅聽聞，忍不住緊抱班加多。

「瑪莉，」班加多說，「我們該走了，我想他已在等妳了。」

瑪莉羅點點頭，依依不捨地離開班加多的肩膀。

半小時車程後，班加多與瑪莉羅抵達卡夫卡咖啡館。班加多從賓士下車，替瑪莉羅將車門打開。

瑪莉羅下車後，跟班加多說：「我自己進去就可以了，你先回去吧。」

班加多看著身穿白色洋裝的瑪莉羅，由衷覺得她漂亮逼人。

「妳今晚真美！」班加多忍不住說。

「你少來！」瑪莉羅露出赧色說，「我知道我很胖、又黑。」

「不，妳美得像天使。」班加多說，再次輕吻瑪莉羅右臉頰。

「你這張嘴厚……，」瑪莉羅輕撫班加多右眼上疤痕，說：「班哥哥，其實你很俊俏，個性也很迷人，我希望你能夠盡快找到自己的愛人，不論在台灣或印尼，只要是真心愛你的人都好。班哥哥，你答應我好嗎？」

班加多並未回應，僅落寞地看著地面。

「你答應我嘛！」瑪莉羅又說。

班加多為難地點點頭，瑪莉羅才露出放心笑容，並輕吻班加多右眼上疤痕。

「需我陪妳進去嗎？」一會後，班加多問。

「不用了。」瑪莉羅說，「我自己進去就好。」

「好。」班加多說。

瑪莉羅緊握班加多的手，說：「謝謝你，我的好 Apang。」

「到了異國，要好好照顧自己。」班加多說，「若有不順心的事，一定要通知我。無論天涯海角，我在所不惜。瑪莉羅，妳要記得，我是妳永遠的 Apang，班加多永永遠遠是瑪莉羅的 Apang。」

兩人深情相擁後，班加多便上車，將賓士駛離。

班加多離開後，瑪莉羅深吸一口氣，吐氣時，她將先前感傷全部吐出。接著再次深吸口氣，在這一口氣裡，她嗅到了愛情味道，三木的臉宛然夜空爆開的煙火一般乍現於她心裡。

她滿懷希望地推開咖啡館的門，期盼一進門，就可看見正在等待她的三木、她的愛人。

19

瑪莉羅的桌上擺有一盆插在黃白色陶土花瓶裡的向日葵[12]。

我們數數，發現裡頭共有十二朵向日葵；另有兩朵被擱在桌上，業已凋零的它們，僅剩中間宛如被火燒過的乾枯花蕊，毫無生的意念，瀰漫著絕望與死亡的氛圍。

這當下，我們可愛的瑪莉羅並不如我們所預期般已前往非洲，她仍在台灣，且已數日未進食。她不僅消瘦許多，膚色也白了。她此刻的白看來不令人感到愉快，那是一種寫滿悲傷的蒼白。

她勞乏的雙眼因過分哭泣，視線已模糊；她覺得四周的所有存在都被具有哀悼色彩的悲傷所籠罩，已澈澈底底少了生命感，而在某一層面的意識上，她覺得自己就快死了。

「也許死了是好事……，」瑪莉羅想道，「那麼我就能跟他相見了……。」

她哀戚戚地看著窗外那片似乎泛著憂鬱橙色的夜空，彎月是那麼地哀傷萬分，星斗宛若悲傷破碎後的眼淚，那麼教人痛心，那麼讓人絕望……。

「你為什麼要死，」瑪莉羅惘惘地唸道，「你為什麼要死……。」片刻，瑪莉羅趴上桌，用拳頭敲著桌面痛哭失聲……。

她的樣貌、哭聲著實藏著太深的悲痛。我們甚至不自覺感到難過，我們眼眶也不禁濕潤了。

嘿，瑪莉羅，我們柔聲地喊她，嘿，瑪莉羅，請別再哭……因為妳一旦哭泣，我們也哭了。也許我們把時間冰凍吧，當眼眶布上冰霜，我們或許再也不必感受悲傷。嘿，瑪莉羅，請別再哭……。

「瑪莉羅不正航向幸福的愛情嗎？」口罩女一面拭淚，一面問，「到底發生了什麼事啊？她幹嘛哭得這麼可憐？」

「是啊，可憐的瑪莉羅！有人死了嗎？」女鬼小姐說。

「是誰啊？」口罩女問，「是三木？還是班加多？千萬別是班加多，裡面我最喜歡的就是班加多啦！」

口罩男忍不住說：「妳們女人別吵啦！安靜聽故事就好了。」

「請千萬別是三木，別是三木啊，」老闆說，「我最愛英俊的三木了……。」

眾人看向老闆。

「你愛個男人幹嘛？」刻意瞇起雙眼的女鬼小姐冷冷地說，「難道我們婚姻只是幌子？」

「我欣賞藝術家嘛，妳在鬼扯什麼！」老闆摸摸頭，尷尬不已。

眾人大笑。

「請繼續故事吧。」口罩男說，「我也好想知道究竟發生了什麼事啊！」

羅老頭對女兒的心理狀況擔心不已，雇了眾多心理醫生入宅診治瑪莉

羅，但仍未見起色。瑪莉羅不僅數日未進食，這一向一句話也沒有說，成天就是哭泣。後期她的哭泣是無聲的，因她聲帶早已磨破；無聲哭泣的渲染力委實更強，讓羅老頭悲痛難耐。

羅老頭恨不得自己擁有起死回生的能力，甚至願撒盡財產，以換回女兒的快樂。可是他辦不到，只得坐在椅子上不斷搓臉，猶如企圖搓下自己臉上的哀傷一樣。雅仁也無奈萬分，數次進瑪莉羅的房間試圖安慰她，可是瑪莉羅就像活死人一般瞪著眼發怔，一句話也不說，使得幫不上忙的雅仁感到非常失落。

「當我們澈澈底底失去愛情時，那種痛感是難以形容的。或許並非適用於每個人，然而對瑪莉羅而言，愛情是她的一切；當『一切』在她的生命裡消失時，那種痛楚像一種澈澈底底的挖空，猶如有人拿著冰淇淋杓子，一球一球地將她心臟給挖盡一樣。此情此景，我們可愛的瑪莉羅成了一個沒有心的女孩了。

「不過，正如口罩女所說的，瑪莉羅不是正航向幸福的愛情嗎？這會兒她怎麼哭了呢？到底發生了什麼事？且讓我們言歸正傳，讓故事繼續下去吧！」

前面說到在班加多離開後，滿心期待的瑪莉羅進入了卡夫卡咖啡館。

卻沒能見著正在等候她的三木。

「這麼重要的日子，三木竟遲到了嗎？」瑪莉羅心裡不禁埋怨道。

她深感失落地坐在昔日她與三木第一次見面時的位置。

一個男服務生過來遞上菜單，她點杯卡布奇諾。

在等待期間，她聽見館內正播放著〈張三的歌〉，且不斷重複。

當服務生送來咖啡時，她向服務生詢問今晚重覆播放〈張三的歌〉的原因。他表明是來自一個客人的特殊要求。

瑪莉羅心想也許是三木的安排，但又覺得性格如木頭的他，應不會如此浪漫。瑪莉羅一面啜著卡布其諾，一面等待。一開始還跟著哼歌，可是過了許久，三木都未現身。瑪莉羅打了電話給他，也無人接聽，最後都轉入冷冰冰的語音信箱，讓她開始擔心起來。

一直到午夜一點，她仍未能見著三木，於是打電話給阿杉，問他是否知道三木下落。阿杉表示他也不明白。

阿杉十分同情一個人枯等的瑪莉羅，不久後，便來到卡夫卡咖啡館與她做伴。

「他怎麼沒現身？」阿杉推推藍色粗框眼鏡，「電話打了也不接呦，到底怎麼回事？」

「也許他想逃避我，」瑪莉羅說，「也許他根本不想跟我去非洲，也許他根本不愛我……。」瑪莉羅說到這時，阿杉見一顆淚珠從瑪莉羅眼眶流出。

「不可能呢！」阿杉說，「我看得出來他很愛妳，真的，請妳相信我，也許只是因事耽擱，也許等會他就現身了。」

「真的？」瑪莉羅問，手撫著桌上手機。

「真的！」阿杉堅定地說，並握起瑪莉羅的手，像個姐妹般將頭靠上她肩頭。

瑪莉羅吁口氣。

「瑪莉羅，需要吃點東西嗎？」阿杉問。

瑪莉羅搖頭，說：「我沒胃口。」

「那再喝點東西好嗎？」阿杉又問。語罷，即伸手招呼服務生。

這會，服務生已換班了，迎面而來的是個陌生女孩。瑪莉羅內心忽憶及美華，於是開口問：「請問之前在這裡服務的美華呢？」

服務生聳聳肩，說：「不知道呢。」

「不知道？」瑪莉羅重複道。

「嗯……，」一旁正擦拭桌面的另個服務生說，「她忽然沒來上班，我們打了她手機也沒人接。怎麼，你們認識她嗎？若你們認識她，請提醒她，她最後一份薪水仍沒領呢。」

瑪莉羅這時兩眼放空，腦裡淒然出現三木揹著她的錢，攜手與美華走上飛機的畫面。

敏感的阿杉察覺到了，將手放上瑪莉羅厚實的肩膀摩娑，柔聲說：「不要想太多，不會是如此的。」

瑪莉羅一語不發，又一顆眼淚從她眼眶裡緩緩滑落……。

這時忽傳來一陣〈Starry Starry Night〉的音樂聲，原來是瑪莉羅的電話響了。她將電話拿起，發現是三木打來的。

「謝天謝地！」瑪莉羅對阿杉說，「是他打來的。」

阿杉臉上一陣遲疑。

「怎麼了嗎？」

「沒事，」阿杉說，「妳快接電話吧。」

瑪莉羅接起電話。阿杉見她支吾幾聲後，面色慘然地掛上電話。

「怎麼了？」阿杉問。

「剛才的電話是警察打來的。」

「警察？」

瑪莉羅點頭。

「發生了什麼事嗎？」

「他們說發現一具男屍，」瑪莉羅說，「我是他手機通話紀錄裡，最後一個通話人，他要我過去幫忙認屍。」

「怎麼會這樣……。」阿杉膽顫地說。

「到底發生了什麼事？」老闆問。

「別問！」女鬼小姐說，「聽下去不就知道了。」

「就是！」口罩女也說，

「總之，發生了令人遺憾的事。」我說。

「那請快點說吧。」老闆說。

「等等！」口罩男說。

「怎麼了？」我問。

「我得上個廁所。」他說。

「真是蠢人屎尿多，」口罩女罵他，「快點去啦，別耽誤大家太久。」

口罩男點點頭，起身去上廁所。

沒一會，他便回來了。

當他落坐時，一個黑色東西自他口袋掉落，撞擊地面時發出清脆、響亮的聲音。

老闆拾起，問：「你沒事帶把槍在身上幹嘛？」

口罩女見狀，說：「那是我今天要他買的，是把空氣槍，打野狗用的。」

「是啊。」口罩男說，「我家附近超多野狗。」

「很重呢，手感像真槍一樣。」老闆將黑槍交給口罩男時說。

「呵呵，真槍？你別說笑啦！」口罩男一面接過槍，一面說，「我哪有本事取得真槍啊……。」

「就是說嘛！」口罩女也說。

「那不是重點，」女鬼小姐說，「我們還是趕緊聽故事下落吧。」

我點點頭。

天下著霏微小雨，阿杉騎著五十ｃｃ的山葉藍色小摩托車載著瑪莉羅抵達落葉湖畔。

車未停妥，瑪莉羅即跳下車，衝往事發現場，阿杉隨後跟上。喘著大氣的她見圍攏成一圈的警察與法醫，雙手用力一撥，鑽了進去，結果在地上看見一具被白布覆蓋上的屍體。

瑪莉羅絲毫不在意身上的白洋裝，一下子跪倒在溼泥地上。

「我是他的女朋友，」她心急地唸道，「我是他的女朋友，你們把白布掀開，我要看看他是不是我的男朋友、是不是我的愛人。我的男朋友才打算帶我私奔的……他不能死……他不能死……。」

一個法醫蹲下身子，將白布輕輕掀開。

瑪莉羅看見眼前的赤裸屍體時，不禁叫了出來。然而，她不敢相信眼前這短髮、少了一隻耳朵的屍體就是三木、就是自己的愛人。儘管他的臉龐是那麼地熟悉，但她不敢相信、真的不敢相信……。

「我的愛人是留長髮的……，」瑪莉羅失神地唸道，「我的愛人並未少隻耳朵……我的愛人還活得好好地……我的愛人還在等我……我的愛人還在等我呀……。」

阿杉一眼即認出死者是三木。

「對不對呀？阿杉，他不是你的朋友、不是我的愛人，」瑪莉羅站起身子，走向阿杉，雙手猛晃阿杉肩膀問道，「對不對呀，阿杉，他不是我的愛人，不是我的愛人，對不對呀……。」

咬著拳頭啜泣的阿杉直搖頭，眼淚不像話直流了出來。下一刻，他忽一個轉身，劇烈嘔吐起來。一個警察見狀，輕拍他背部。

這時，瑪莉羅見到白布下的屍體的腳踝上的金色鍊子，悲不可抑的她，抱起屍體慟哭了起來……。

20

警方在現場發現一把滿是血的鮮黃色雨傘，上頭血液經檢驗後屬死者血液，研判該把雨傘就是凶器。法醫初步認定，該名倒楣死者先遭人數次以雨傘尖頭攻擊心臟後，再被推下水鬼湖。死者在落水前因傷重而昏迷，但在摔進湖裡後，曾一度清醒，所以不僅得忍受皮肉之痛，還得承受慢速、極度痛苦的滅頂過程。這點在他支氣管和肺部內所吸入的水草、泥沙等雜物，以及雙手指甲裡摻著的泥土上，得到證明。此外，雨傘的尖頭被刻意磨過，相當銳利，如同一把尖刀，警方認為這是一起預謀殺人事件。

這上午班加多正在花園修剪杏花樹。他因害怕再次從梯子上摔下，而改以踩椅凳。不過他因身高不夠，高處樹枝剪不著，於是在椅凳上踮起腳尖，卻又差點跌倒。他因此跳下板凳，走進車庫，拿出梯子。卻遲遲不敢動作，僅狠狠瞪著杏花樹高處，彷彿要與它對戰一般。

羅老頭與雅仁則在一旁裡喝咖啡。班加多那天送瑪莉羅回來後，便告訴羅老頭，她這幾天將住在阿杉家討論小說的事；他希望瑪莉羅私奔的事越慢爆發越好。羅老頭一直以為女兒的事總算解決，甚至決定若女兒改變心意，打算去非洲的話，他則乾脆把蜜月安排在非洲，跟女兒一起去算了。雅仁原本很排斥，後來聽朋友說，南非開普敦如歐洲一般漂亮，還有買不完的鑽石，也就欣然答應。這時雅仁正不斷刷著手上的 iPad，開普敦的美鑽讓她驚呼連連。

班加多已將梯子架好，深吸一口氣後爬上，但臉上仍有緊張神色。這時，兩名一胖一瘦、身穿西裝的男子由一名家傭領了進來。兩位男子甚有禮貌地向羅老頭和雅仁表明自己是警察，並低聲確認一旁班加多的身分。羅老頭原以為班加多的居留權出了問題，趕忙向警察解釋。胖警察搖搖頭，表示他們是刑警，當然不是為那種小事而來。

站在梯子上的班加多隱約聽見他們談論的主角似乎是自己，回頭看了一眼警察，恰巧與瘦警察四目相對，內向的他趕緊將眼神投回樹上。這舉動卻讓瘦警察內心起疑，認為那是心虛表現。

當刑警向班加多表明來意時，班加多僅眉頭深蹙，彷彿忽不理解中文一樣。羅老頭與雅仁則一臉不可置信地看著刑警將手銬銬上班加多的雙手。一臉驚恐的班加多趕忙向羅老頭表示自己根本不明白發生了什麼事，更不可能是兇手。羅老頭拍拍班加多肩膀，要他別擔心，並表示他會盡全力幫他。

不久後，閃著警示燈的警車緩緩駛離，並把我們一向善良的班加多給載走了。

風和日麗的當下，盛開的杏花樹更顯美麗，卻苦等不到觀賞的人。

儘管落葉湖畔設有監視器，命案發生地點恰好在監視器死角，未能錄下犯案過程，但檢方調閱停車場監視器時，確實看到班加多將凌志駛入停車場，也看到他將行李箱拖下車，及後來狼狽駕車離開的畫面；而根據法醫的判斷，三木死亡時間與班加多離去時間相去不遠。此外，命案當天也有目擊者密報這起兇殺案，而該目擊者所形容的加害者特徵，包括外貌、身型等，與班加多十分吻合。不僅如此，現場遺留的行李箱上也確有班加多的指紋，不過裡頭的三十萬美金已不翼而飛。最要命的是，檢方後續在班加多房裡，搜出上頭沾有三木血跡的襯衫，以及鞋型與現場採集到的鞋印吻合的運動鞋，和數把與兇器同款同色的雨傘。各項跡證皆對班加多非常不利，檢方幾乎確定他就是殺害三木的兇手。

媒體報導這則新聞的立場相當偏頗，除了暗示凶手就是班加多外，也列舉過去發生的外勞殺人案。

因媒體渲染，班加多很快成為鄰居茶餘飯後的話題。有人說外勞本無情，為錢財什麼狼心狗肺的事都幹得出來，又說台灣人絕不可跟外勞交心，因他們都是冷血動物。雅仁當然也是熱心的流言散播者之一，她四處跟人說，儘管班加多看來忠厚老實，也很討人喜歡，但她內心深處素來就不信任外勞，還說自己上一任婚姻正是因女外勞跟她老公胡搞，她才氣得跟老公離婚。雅仁敍述這件事時相當理直氣壯，不過稍感心虛，畢竟跟外勞亂搞的人可不是她老公，而是她自己；她是被老公給休掉的。她甚至還說：「班加多大概是個可怕的性變態吧，才把三木的衣服脫光，聽說他還把三木的陰毛都拔光呢！天曉得他還對三木的屍體做過那些變態的事，真是噁心！」

相反，善良的羅老頭卻相信班加多的清白，一向視班加多為己出的他非常信任班加多，從他多年以來都是交付他到銀行替自己存取款的習慣可見一斑。他相信班加多是一介不取的廉潔男，絕不可能為錢殺人。然而，若真請羅老頭自問，內心能否完全相信班加多的清白？且讓我們拿他曾對雅仁說的一句話當答案吧。

「唉，人心隔肚皮啊……。」他說。

三木死後約一週，瑪莉羅才返家，並一直待在房裡哀悼悲傷，淚水幾乎淹沒她房間。

第三週一早，她忽步出房門。羅老頭看見了，趕忙趨上前去。

「女兒，妳終於出房門了，」羅老頭說，「妳餓不餓？還是妳需跟人談談嗎？爹爹在這裡。」羅老頭注意到女兒的胸口別著一朵白色鳶尾花。

瑪莉羅不發一語步出家門，抵達街邊時，才停下腳步。羅老頭緊追出去，佇立她身邊。

「妳要上哪裡去？」羅老頭問，「跟爹爹說，爹爹送妳去！」

瑪莉羅仍沉默。

「妳要上哪裡去？」羅老頭不死心，「爹爹可載妳去啊！」

瑪莉羅仍噤口。

片刻，一台黃色計程車抵達。瑪莉羅頭也不回上了車。

當計程車揚長而去時，羅老頭跟著跑了一會。但才跑不久便喘不過氣，不禁蹲了下來。

羅老頭深心明白原本天真可愛的瑪莉羅就像剛駛離的計程車，再也回不來了，於是無助地哭了起來。

坐在計程車後座的瑪莉羅拿出小瓶裝的鐵罐威士忌，扭開瓶蓋，猛然灌了一口，接著又從口袋裡拿出一條金色鏈子。瑪莉羅未再哭泣，臉色蒼白的她僅定定地、若有所思地看著手上沉錮錮的金色鏈子，接著又灌一口威士忌。

酒不小心從她嘴角溢出，瑪莉羅用手背拭去酒痕。

「小姐，」前頭司機說，「酒別喝得那麼急，容易醉的。」司機的聲音聽來溫暖而真誠。

瑪莉羅並未回應，手裡緊緊揣著金色鏈子。

「發生了不愉快的事嗎？」司機又問，「要不要說說？」

「我的人生是一場悲劇，」瑪莉羅說，「有何好說？說了徒顯悲哀。」

「悲劇？」司機說，「為什麼？」

「因為我是一個笑話。」瑪莉羅又說。

「為什麼？」司機又問。

「因為我又胖又醜。」瑪莉羅說，又喝口威士忌。她此刻已微醺。

黑人梵谷

司機看眼後視鏡裡的瑪莉羅，未多做反應。瑪莉羅也看一眼前頭的後視鏡，她覺得自己彷彿看見一個黑人司機。

「又胖又醜，」司機說，「即構成笑話的條件？」

瑪莉羅再看一眼後視鏡，問道：「你是黑人？」

「我？」

「對，」瑪莉羅說，「你是黑人？」

司機點點頭，說：「對，我是黑人，也是神經病梵谷，可是我不會畫圖，只是個可悲的計程車司機——那麼，我算得上笑話嗎？」黑人梵谷司機此刻把一隻耳朵拿下，扔到後座，「喏，我這隻耳朵是假的。」

瑪莉羅拾起假耳，說：「你是梵谷？」

「也許是，但我並非來自荷蘭，我僅存於計程車。」黑人梵谷司機回答道。

「我的愛人也少一隻耳朵……。」瑪莉羅慨然說道，用手背拭去眼角淚水。

「妳的愛人？」

瑪莉羅點頭。「不存在的愛人，他死了。」

「死了？」黑人梵谷司機問。

「對，死了。」瑪莉羅說，同時望向窗外，發現此刻正下著雪。瑪莉羅感到納悶之際，忽發覺自己正坐在一棵枝葉茂盛、卻被白雪覆蓋的大樹下。她眼前是一片銀光爍爍、結冰的湖。遠方還有幾隻正在冰上滑行的綠頭鴨。瑪莉羅吁口氣。在低溫狀態下的呼氣像煙霧一般。她定定地看著眼前煙霧，腦裡浮現三木在卡夫卡咖啡館裡，認真做畫的模樣。

白色煙霧散開之際，她看見黑人梵谷司機站在她面前，平舉著一隻手，說：「我有這榮幸，可請妳跳支舞嗎？」他的臉著實太黑，瑪莉羅幾乎看不見他的五官，只知他蓄著鬍子。

「可是我不會跳舞。」瑪莉羅說，「而且我很胖，會有人笑話我的。」

「別怕，」黑人梵谷司機說，「沒人會笑妳的。」

「嘿，你的聲音好溫暖。」瑪莉羅說。

「因為我是一顆星星。」黑人梵谷司機說。

瑪莉羅覺得這句話似曾相識。她將手放上黑人梵谷司機的手，接著站起身子。耳邊同時響起〈Starry Starry Night〉的鋼琴伴奏。他倆開始起舞，再下一個瞬間，瑪莉羅發覺自己正在發著銀光的結冰湖面上旋舞，四周有無數片雪花在空中緩速飄移，宛若閃著彩色亮光的浮游生物。此情此景，瑪莉羅的心裡有種莫名的幸福感。

「別怕，」黑人梵谷司機柔聲說，「我一直都在，我永遠都會在。」

瑪莉羅覺得他的臉似乎白了一點。

瑪莉羅看著他，伸手撫摸他的臉，同時發現他的臉越來越白了。

全然脫黑的瞬間，瑪莉羅發現他原來是三木。

就在此刻，鋼琴伴奏聲陡然停了，四周光亮的雪景瞬間黯淡了，溫度同時驟降，瑪莉羅感到冷，不禁顫抖了起來。

「你騙我……你騙我……，」她的淚水流了下來，「你已經死了……你已經死了……你不會永遠都在……你騙我……你騙我……。」

三木這時露出他招牌的尷尬傻笑。

此刻，瑪莉羅看見前方出現一個怪異女人。

她身穿一襲紫色大衣，頭戴金色遮陽帽，而臉上則畫了活像小丑的誇張濃妝。

她嘴裡喃喃唸著，一面像招財貓一般，向三木招手。

同時，瑪莉羅發現四周的白雪消失了，取而代之的是黃乾乾的麥田，天也藍灰灰的一片，看來十分哀傷。

三木搔搔鼻子，緩緩向那小丑女人走去。

「別走……，」瑪莉羅說，「三木你別走……你別走……。」

三木仍向那女人走去。

在三木抵達那女人身旁時，他倆瞬間化身一群黑色烏鴉，朝四面八方散飛而去[13]。

獨自處在這陰晦空間的瑪莉羅低頭啜泣了起來。一顆顆如冰晶般的眼淚從她臉上落下，極為緩速地降落在她手上。

當冰晶眼淚觸及她手上的金色鏈子時，一聲清脆聲響在她的耳邊傳來。

「小姐，」司機說，「妳的目的地到了。」

瑪莉羅跟司機道謝，付了車資後，下車。

瑪莉羅深吸一口氣，她眼前是○○看守所。

坐在接見室的班加多單手支頤地撐在桌上，看來頹唐不振。

當他見著瑪莉羅時，激動不已，像個孩子一般不斷扭動身體。焦急不已的他比起話筒手勢要瑪莉羅拾起電話。一臉木然的她卻對他視若無睹。班加多發現瑪莉羅瘦了一圈，此外，臉上原有的孩子感也全然不見了。瑪莉羅已不同於以往，現在的她是個女人，一個因哀傷而深顯世故的女人。

好一陣子，瑪莉羅才拾起話筒。

「瑪莉，」班加多說，「謝謝妳來探牢。」

瑪莉羅默不作聲。

「瑪莉，妳相信我嗎？」班加多說，「我絕不會殺了妳的愛人的，請妳相信我，瑪莉，請妳相信我。」

「你不要再喊我瑪莉，」瑪莉羅以冷淡的口吻說，「你應喊我小姐。」

班加多愣了一下。

「妳不相信我？」班加多說，「我是妳的 Apang，妳不相信我？瑪莉，我是妳的 Apang 呀……。」

「我來這裡只想釐清一個問題，」瑪莉羅說，「若你仍當我是你妹妹，請你老實回答我。」

班加多這時未說話，僅盯著瑪莉羅，嚥下一口口水。

「你一定要老老實實回答我。」眼神冷峻的瑪莉羅看著班加多說。

「妳問吧。」班加多說。

「是不是我父親唆使你殺了他的？」瑪莉羅問。

21

儘管班加多否認殺了三木，更否認是羅老頭唆使他殺了三木，瑪莉羅仍認為凶手就是班加多。她內心的想法只有兩個：若非班加多因貪財而殺了三木，就是羅老頭唆使班加多殺了三木。

「也許一切全是父親策劃的。」她想，「也許父親為撮合自己與班加多，因此與班加多聯手殺了三木。」

瑪莉羅認為，對父親而言，他要的是一個聰明、有生意腦袋的女婿，以接手自己事業，班加多儘管是印尼人，卻十足符合上述條件：他腦筋靈活，練達實足，又深諳中文，確實是最好的人選。

「班加多也許真不是好人，他太奸詐了，為謀取家裡財產，不但處心積慮接近我，也討好父親，後來他肯定感受到三木的威脅、感覺自己地位動搖了，因此才與父親一起殺害了三木。一定是如此的！」坐在書桌前的瑪莉羅想，牙齒緊緊咬著嘴唇，幾乎就要把嘴唇給咬流血了。

我們不能說現階段的瑪莉羅理智失衡，畢竟她的推測站得住腳。再說出身貧寒的班加多曾跟瑪莉羅表示，自己恐懼貧窮，未來無論如何，一定會把握任何可晉身為富人的機會；再加上瑪莉羅生日那晚，班加多那誇張鬼祟的行徑——渾身髒汙、帶有血跡地從外頭遁入屋內，就像《罪與罰》裡、那為了錢財而痛下毒手的拉斯科尼科夫——更增添了他的嫌疑度。

在後續的審訊中，班加多屢次向檢方表示，自己與三木無冤也無仇，並無殺人動機。檢方質疑他為錢下手，但班加多解釋若他貪錢的話，大可在錢到手後，直接走人，根本沒必要將錢帶到現場。然而檢方認為，據現場跡象判斷，他極可能是臨時起意，再加上三木死時全身赤裸、陰毛被拔光等情況，檢方甚至懷疑班加多是單戀三木不成而痛下毒手。不過這點在瑪莉羅的證詞內，已遭排除。

班加多也向檢方解釋自己與三木在事發當天會面的原因，也坦承確曾與三木扭打，不過他未殺人。

班加多向檢方描述，事發當天，他按瑪莉羅所託，打算將行李箱及錢交給三木。班加多致電三木時，他人在落葉湖畔畫圖。這點令班加多深感不滿，畢竟他倆當晚將出遠門，三木卻悠哉畫圖，他覺得他態度太隨便了。掛上電話後，他即前往落葉湖。抵達後不久，便在湖畔見著正在畫圖的三木。

班加多認為自己得在將錢交付給他前，確認他對瑪莉羅的情意。這是他擔任兄長的責任。但當他試圖與三木談話時，三木卻持續畫圖，對他的話置之不理。班加多大為震怒，一把將畫扯下撕毀。三木見畫被撕成碎片，一股憤怒攻心，一拳往班加多臉上打去。班加多鼻血噴了出來，接著也一拳回敬。三木嘴角出現兩道血痕。兩人接著開始扭打，但隨即因濕滑泥地而摔倒。

跌坐於地的兩人因逐漸轉大的雨水而稍冷靜下來。然而在這時，三木竟低頭撫起滿地的圖畫碎片，並落淚，讓班加多大感意外。三木感慨地說，他對瑪莉羅的態度如同對藝術一般，瑪莉羅與藝術就是他的生命，然後抬起頭，滿臉淚水地質問班加多：「你你……為何如此……殘忍？」

三木的說詞讓班加多深感歉疚，同時也讓他寬心，他認為三木「及格」了。班加多將地上的圖畫碎片拾起，交到三木手中，接著誠摯地向三木道歉，並給他一個擁抱。期間三木一語未發，但原本哀傷、憤怒的神情已趨平和。班加多後來將裝有鉅款的行李箱交給三木，並囑咐他一定得好好對待瑪莉羅後即離開。

班加多向檢方表示，實情就是如此，一字不假。但檢方認為他的說詞可信度不高，再加上三木死亡時間與他們發生爭執的時間太相近，故不採信。

班加多後來因殺人，再加上一直不肯交代鉅款下落，所以在一審時，被認定犯後態度不佳，判處無期徒刑。

他在獄中不斷寫信給瑪莉羅，內容大同小異，大多說明自己不是凶手；此外，也說明自己深愛她，甚至在信上說，自己就是為守護、疼惜她而存在的。

正因他愛瑪莉羅，他不可能殺了三木。

但瑪莉羅從不拆閱班加多的信。

22

三木死後，瑪莉羅的心也逐漸死去。對瑪莉羅而言，在她深心處，班加多這人已不復存在，無論過往他們是如何地親暱，現在的班加多對她而言，只是一種空白。

那也許是一種冷漠的同化，瑪莉羅已在內心的外圍砌上一面牆；在牆的另一面，那不屬於自己內心世界的所有存在，她置之度外，就像牢裡的班加多或家裡的羅老頭和雅仁，對她而言，他們都被冷漠同化了，然後被自己貼上「無所謂」的標籤，擺至暗暗的心靈角落裡。

正因這冷漠的同化，眾人都發覺瑪莉羅性情大變，她變得極度孤僻，且甚少說話。瑪莉羅開始覺得言語是一切麻煩的始源，多說無益，少說則能避免長篇大論的反駁，所以她學三木假裝木頭，對人世間的紛擾，她絲毫沒意願，或精神再去面對了。

也許我們能說瑪莉羅頓悟了，她認為世界是一頭韒張跋扈的巨大怪物，就像屠殺她愛人的凶手（無論真實凶手是誰），她無法與之抗衡，因此選擇將頭一把塞入爛乎乎的泥堆裡，在知覺感官整個幾乎被籠罩的情況下，她頓悟了人生。

除了阿杉及老太太外——瑪莉羅認為他倆是三木的遺物——她不再信任其他人。這時的阿杉也有了改變，他在三木死後一日，臉上忽多了一圈鬍子。他的新鬍子又濃又密，且在一天內就出現，可想而知是假的。至於原因，或許是對已逝朋友的一種哀悼吧。不過他從不說，瑪莉羅也未曾問過，我們也就不得而知了。

瑪莉羅經常與他們到落葉湖畔追思三木。

他們三人會在桃樹下鋪上鵝黃色毛毯，然後坐上毛毯憮然地望著眼前湖景。他們不太說話，最常聽見的語言是哭泣，及樹葉颯颯聲響。枯葉不斷自樹上飄落於湖面，猶如他們的淚水一般……。

瑪莉羅唯一未改變的，是對寫作的熱情。然而三木的死卻讓她跟肚內的外星人交惡了；因它們過去曾告訴她，三木是她的愛人且將愛她到永久，事實卻非如此。瑪莉羅對外星人失去信心，因此不再跟它們說話。而它們也因此露出真面目。它們告訴瑪莉羅，它們根本離不開她肚子，所以它們期待她的死亡，只有在她死亡腐爛後，它們才能離開，所以它們成天詛咒她，並讓她極度渴望垃圾食物，希望她早死，也每天在她肚內表述人類世界的歹毒，試圖讓她厭世。

瑪莉羅則不甘示弱，為不讓惡毒的外星人太早得逞，她開始拒絕垃圾食物，且菸酒不沾，甚至連咖啡也戒了；但她內心卻持續陰暗化，變成一個極度悲觀、尖銳的人，但這卻成為她寫作的肥料，而寫作則是她的生存動力。她寫友情，但她寫的是背叛的友情；她寫幽默，但她寫的是諷刺的幽默；她寫愛情，但她寫的悲傷的愛情；她寫人生，但她寫的是殘酷、毫無希望的人生……。

也許正因她筆調的極度冷豔，她成了現實世界的真正代言人，而在三

木死後，她的第一本作品贏得了文學大獎並獲得出版機會。

瑪莉羅成了一個真正的小說家。

「故事結束了？」眾人問。

「可以這麼說。」我說。

「這樣太不負責任啦！」口罩女說，「我們尚不知凶手是誰呢！」

「是啊，」老闆也說，「你一定得告訴我們凶手是誰，要不，我不讓你走出咖啡館，來人啊，關門，放狗！」

「你很冷耶！成天就是看電視台重播的周星馳電影，笑話老是重複，」女鬼小姐對丈夫說，接著把瑪雅輕輕放在地上，轉頭對我說：「作者先生，儘管我老公很蠢，但我依然得聽他的話。所以作者先生，你一定得揭露凶手身分，要不然，我就得放狗了。你別看瑪雅只是隻小狗，你知道，牠若真兇起來的話……。」

女鬼小姐說這些話時，表情十分認真，令人難以理解她真正意圖。

這時她轉身，跟丈夫說：「這才叫笑話，你多學學！」

眾人感到莫名其妙，不過仍勉為其難露出笑意。

坐在地上的瑪雅則無奈地吁口氣。

「放心，我一定會揭露！」我說，「儘管故事主軸已結束，但我們還有Mei酒吧啊，也許在那裡，我們可找到真相。」

失落的片段III　會說話的貓

Mei 酒吧

02:40 am

這時，靈媒已停下招財貓招手動作。

那隻胖墩墩的白色波斯貓也醒了。牠正坐在桌子上，雙手抱胸，跟靈媒四目對看。

仍坐在櫃台的阿侑也已停止上網，他跟坐在靈媒對面的女作家都一臉訝異地看著靈媒。因靈媒剛說，已有「人」在這裡了，不過她還得進一步確認他的身分。

「所以你已經死了，你知道吧？」靈媒對白色波斯貓說。

「我？死了？」白色波斯貓說，搔了搔鼻子。

靈媒點點頭，說：「其實我是靈媒。」

「靈媒？」白色波斯貓反問。

靈媒又點點頭。

「妳確定嗎？」白色波斯貓又問，同時拍拍自己的臉，「那為何我能感覺到自己？」說完，牠又拉拉自己臉上的鬍鬚。

靈媒聳聳肩，說：「那不是你自己，你只是借用貓的身體而已。」

「蛤？」白色波斯貓問。

「我說你死了，而你現在借用貓的身體存在於這裡。」靈媒說，「唉，你們這些人都一樣，進入貓身體後，總像失憶一樣，你仔細想想你究竟是人還是貓吧？」

白色波斯貓開始搔起臉來，一副苦思模樣。

女作家壓根聽不懂他們的談話內容，只聽見靈媒不斷學貓叫，模樣甚至有些滑稽。

靈媒這時轉向女作家，說：「我知道我現在像個白癡，不過不要緊，稍待一會兒妳就會明白。」

女作家點點頭。

「先不管我究竟是人還是貓，請問，我在這幹嘛？」白色波斯貓說，「應該說，妳找我來幹嘛？妳知道的，我在忙。」說完，牠開始在桌上走來晃去，還雙手交握，置在後腦處，一副愜意模樣。

「忙？」靈媒說，「忙什麼？」

白色波斯貓停下腳步，轉頭，側著臉跟靈媒說：「跟梵谷談天啊。」

「梵谷？」靈媒問，「那個割了自己耳朵的神經病畫家？」

「他不是神經病，」貓說，「妳才是神經病！」

「不能因你自己也割了耳朵，你就說割耳朵的人都正常。」靈媒反駁。

「我割了耳朵？」白色波斯貓露出疑惑表情，並以右掌撫摸右耳，「啊，好像有這麼回事！」

「談到梵谷，」靈媒又問，「他跟高更是什麼關係？他為何割了耳朵？是為了獻給那妓女？還是獻給高更？結果把高更給嚇跑了？你問過他嗎？」

貓說：「這是他的隱私，妳別管那麼多！藝術家不會喜歡別人探究他的私事，他真正奉獻的只有他作品裡所傳達的精神。要了解他，看他的畫就好，別瞎說八說的！」

「我無法看他的畫，」靈媒又說，「他的畫太具震撼力，而且不管描繪景物或人物，總有一張清楚的情緒臉龐顯現於觀者面前，儘管我可感受到他試圖給予觀者一種水平式的寧靜感，但他的畫誠然太悲傷，盯久了常會讓我有想一頭撞死的衝動。」

「我討厭妳這種自以為是的評論！」貓說，「他的畫就是畫罷了，妳喜歡就喜歡、討厭就討厭，妳的感受是純屬於妳的，那就是藝術家給妳的禮物。少裝腔作勢地給予一堆鬼名詞、鬼評論，總聽得教我噁心。此外，妳很可悲，只有無才的人才會試著解釋天才的作品，天才本身從不做詮釋的。」

「你這傢伙真奇怪，我從來就不是天才。」靈媒說，「難不成你是？」

白色波斯貓喵了一聲。

「就算你是，」靈媒說，「你也不該如此驕縱，你對人應多點同情。」

白色波斯貓搔搔鼻子。

「不談梵谷了，談你吧。那你呢？你為何割了耳朵？」靈媒問，「這回我是問你，兩人談話，問對方私事，應不構成八卦的條件吧？」

「故事前頭不已說過了？」白色波斯貓又說，「妳真混，總不能因妳是靈媒就偷懶！」

「你真囉唆耶。」靈媒忍不住抱怨道。

「說到底，妳找我來，到底有何目的？」白色波斯貓問。

「又不是我找你，我只是個靈媒，換句話說，只是一個媒介，」靈媒說，「而媒介從不會有任何目的或動機的。」

「妳才囉唆！」白色波斯貓說，「我問妳幾次了，總之妳快說妳找我幹嘛？」

靈媒下巴往前挪了挪，說：「不是我找你，是她找你。」

白色波斯貓轉身看了胖女孩一眼。

「瑪莉羅，」靈媒向瑪莉羅說，「我已確認過，妳的愛人此刻已在這裡了。」

瑪莉羅一臉疑惑。「在這裡？」

「他就在妳對面。」

「瑪莉羅？」白色波斯貓搔搔鼻子，「這名字聽來熟悉。」

「妳要問什麼？現在告訴我吧。」靈媒說，「要問就快問，要不，牠很快又會變回普通的貓了。」

「她在喊我？」白色波斯貓問靈媒。

「三木，真的是你嗎？」瑪莉羅問。

靈媒點點頭。

白色波斯貓皺起雙眉，努力思考著瑪莉羅的身分。

「三木，真的是你嗎？」瑪莉羅又問，幾乎就要哭出來了。

「真的是他啦！」靈媒說，「妳要問就快問，不然沒時間了。」

「三木，我只想知道，」瑪莉羅說，「你有沒有——愛過我？」

白色波斯貓又搔搔鼻子。

「她問你這傢伙有沒有愛過她啦？」靈媒問白色波斯貓。

白色波斯貓的嘴動了，可是靈媒聽不清楚。

「什麼？有嗎？到底有沒有？」靈媒急切地確認。

這時，靈媒只聽見喵喵叫的聲音。

心急不已的瑪莉羅看著靈媒，問：「他說了什麼？」

靈媒有些難為情。

「妳到底聽見了嗎？」瑪莉羅又問。

靈媒搖搖頭，說：「我很抱歉，來不及了，我已盡力了，都怪我剛才跟牠閒聊太久……。」

瑪莉羅忍不住掩面哭了起來。

這時，瑪莉羅忽覺有人在撫摸她的背。她抬起頭，看見撫摸她的人是 Mei 酒吧的服務生阿侑。

她嚇了一跳。

阿侑忽唱起〈張三的歌〉。

瑪莉羅一面聆聽，才漸漸發現眼前的人不是阿侑，而是身穿一套發亮白西裝的三木。而她正身處一片綠色草原。眼前不遠處，還有一片發著亮光的湖。

「忘掉痛苦忘掉那地方，我們一起啟程去流浪，雖然沒有華廈美衣裳，但是心裡充滿著希望……。」三木一面唱著，一面以手輕撫瑪莉羅滿是淚水的臉頰。

「三木，是你嗎？」瑪莉羅緊握三木的手問。

「是的，我是妳的星星。」三木說，接著替瑪莉羅戴上金色鍊子，「我將永遠在夜空照耀著妳……。」

幾顆眼淚從瑪莉羅的眼眶流出。

「不要哭，我的愛人，不要哭……，」三木再度抹去瑪莉羅臉上的淚珠，「這世界並非那麼悽涼，不要哭，我可愛的瑪莉羅，這世界還是一片的光亮……。」

瑪莉羅發現四周忽然黝暗下來，她抬頭，看見彩色星星滿布紅色夜空，美得令人不敢相信。

瑪莉羅看著三木，再看看四周美麗景象，她覺得此刻好美，好希望他倆能永遠存於這時刻，像一幅畫一般，永遠存在著。

三木身上的白西裝這時更加閃耀了。整個人宛如一顆星星的他，單手捧起瑪莉羅的臉，深深地吻了她，瑪莉羅不禁閉起雙眼……。

不知過多久，瑪莉羅忽聽見嘖嘖聲。

她張開雙眼，發現眼前站著雙手抱胸的阿侑，正說著：「好冷好冷……」

Mei 酒吧

04:01 am

瑪莉羅已離開了。

靈媒走向正在收拾餐桌的阿侑，吻了他一下。阿侑又打了個噴嚏。

「被我親一下就打噴嚏，你真沒禮貌呢！」靈媒說。

「Mei 抱歉，我這噴嚏不是因為妳的吻，而是因為那些東西，」阿侑故意縮著脖子說，「每次祂們進入我，總讓我發冷好一陣子，起碼一個小時呢！」

「我知道，逗逗你罷了。」靈媒 Mei 說，「現在還冷嗎？」

「還是有點。」

「真是辛苦你了。」

阿侑拿起桌上的綠色菸盒，抽出一支，點燃，抽了一口，說：「這是工作嘛，無所謂辛苦不辛苦的。」

「有你這從不計較的員工，我還真幸福呢！」靈媒 Mei 說。

阿侑吐了一口煙，露出苦笑，接著抓抓臉頰，問：「對了，妳剛才為何不跟那胖女孩說真相？」

「什麼真相？」靈媒 Mei 問。

「就是真正殺了剛才那人的凶手的身分呀。」阿侑說，「在那傢伙進入伊莉莎白前，我記得妳跟他在前頭談這件事談了好久呀。」

「你怎麼會知道？」靈媒 Mei 感到驚訝。

「我聽見一些。」阿侑又說。

「你聽得懂我跟他的對話？」

「是啊，不過一點點而已，」阿侑說，「跟妳在一起太久，也許感染到妳的部分能力了吧。」

「真的嗎？」靈媒 Mei 說，「這或許不是好事。」

「對我而言，」阿侑說，「沒差啦！搞不好以後可用這能力把妹呀。」

靈媒 Mei 笑了。「這能力較容易把妹嚇跑吧！」

阿侑也笑了，接著又問：「不過妳為何不跟她說真相呢？是不是有靈界潛規則？不能洩露天機？」

「這世界哪來什麼鬼天機！我並非道姑或其它類似的神經病，只是碰巧有這該死的鬼能力而已。」靈媒 Mei 回答道，「至於我為何不跟她說？我覺得說也好，不說也罷，反正她終究會知道的。」

「為什麼？」

「我剛已打電話給警察報消息了，」靈媒 Mei 說，「我不忍坐視一個人坐冤牢；若我忽視，那對我而言，是種罪。至於警察如何處理，或者後續能否找到支持真相的證據，則非我能干涉了，總之，我完成了我應完成的部分。」

「說的也是。」阿侑說，「不過話說回來，我一直納悶，那人為何要殺了他呀？」

靈媒聳聳肩，說：「鬼知道，這世界的瘋子何其多！」

阿侑這時搔搔頭，說：「關於那晚的真相，我只聽見部分內容，妳可清楚跟我說明嗎？真抱歉，我好像太八卦了一點……」

靈媒 Mei 淡淡一笑，接著點頭，吐了一口煙，一面回憶，一面告訴服務生事發始末。

「等等等等等……一下！」老闆說，「現在是揭曉凶手身分的時刻了吧，我們大家來猜猜看，到底凶手是誰吧？」

「我猜就是班加多！」口罩男說，「你知道，這是一種故弄玄虛，作者先生的敘述口氣一直引導我們凶手不是班加多，結果呢，最後凶手正是班加多，讓大家跌破眼鏡。」

「這樣太沒哏了，你們知道我猜誰嗎？我認為是羅老頭。」老闆說，「不是他唆使班加多殺人哦，而是他自己正是凶手呢！」

「有僕人可使喚的話，為何要親自動手呢？」女鬼小姐問。

「這點我還沒想出來，」老闆說，「說不定凶手不是他，而是……呃，而是老太太，搞不好她才是凶手！」

「瞎扯嘛你！」口罩男忍不住吐槽，「她根本沒動機啊。」

「那妳們兩位女性猜誰呢？」我問口罩女以及女鬼小姐。

「美華！」她們異口同聲說，「女人的忌妒是最可怕的。」

「有任何人猜中嗎？」老闆問。

我微笑不語。

事發當時，天色已黑，且下著霏霏細雨，空氣裡有絲涼意。班加多離開後不久，三木獨自坐在桃樹下，背倚著瑪莉羅的行李箱，兩眼放空地看著湖面。一身雪白裝束的他全身已被雨水濡溼，但他絲毫不在意。

三木這時拿出口袋裡的 M&M's 巧克力，可是打開包裝時，一不小心將整個包裝撕了開來，巧克力撒得遍地都是。

幸好還剩一些。
他一面吃著巧克力，一面伸手撫摸自己少了右耳的臉頰，好像因長髮甫剪去而感到冷一樣。
這時他看見湖畔不遠處，有位手撐鮮黃色雨傘、腳蹬鮮紅色高跟鞋的女人。她緩緩朝三木走去，但似乎刻意將雨傘往下壓，不讓三木看見她的臉。
「那個人似曾相識……。」三木想道。
那女人持續緩步走到三木面邊，約十步距離處停下，又轉身背向三木，開始收束鮮黃色雨傘，且刻意放慢速度。
「妳妳……是……誰？」三木忍不住問她。
她未回應，仍收拾著雨傘。
三木搔搔頭。
忽間間，她一個轉身，望向三木。見著那女人臉的三木先是愣了一息，接著笑了出來。
他眼前這濃裝豔抹的女人竟是男扮女裝的阿杉！
「三木，你怎麼把頭髮給剪了？差點就認不出你了呦。」阿杉問，「不過剪了也不錯呦，更顯得帥氣，就算少一隻耳朵，你也贏了世上百分之九十九的男人。」

「先別說我了，你今日怎麼這身裝束？」三木露出輕挑的笑容說。這時的三木看來很不一樣，先前的憨厚感完全消失，也不結巴了。

「你忘了嗎？是你把我畫成這樣的。」阿杉也笑著說，一面向三木走去。

「畫圖歸畫圖，我實在沒料想到，你會把自己打扮成這樣！」

「你覺得我這身打扮好看嗎？」阿杉說，同時故意搔首弄姿。

「其實很滑稽耶。」三木笑著說，並丟一顆 M&M's 巧克力到阿杉臉上。

「滑稽？」阿杉故意以嬌聲道：「憨厚歐巴，你真討厭，我這裝扮可全都是為你的呢！」

「那可真得謝謝你了。」三木敷衍地說。

阿杉白了三木一眼，接著又說：「剛才你幹嘛跟那外勞打架呢？錢拿了就好，何必跟人打架？他不值得的呦。我看了真心疼呢。」

「是他先動手的。」三木說，「不過他是個好人，大概想保護瑪莉羅吧。」

阿杉翻起白眼，一副受不了的模樣，說：「先別說這了，錢到手了吧？」

「唔，全都在這。」

「點過了嗎？」

「我相信瑪莉羅，大概不會少的。」

「但我不相信那外勞，還是點點看吧。」阿杉說。

三木點頭，蹲下，將瑪莉羅的行李箱打開，再將裝束成像磚塊的美金拿出。細數後，金額無誤。在三木點錢時，阿杉在一旁忙著補畫口紅，顏色鮮豔得彷彿嘴脣沾滿了血。

「我就說吧，瑪莉羅很善良，不會騙我的。」三木說：「不過這一切都是你的功勞，要非你這智多星想出如此完美的計劃，肯定不會這麼順利！」

阿杉抿抿剛擦上口紅的嘴脣，說：「你也功不可沒呦！都是因為你太迷人，把她迷得團團轉，我們才這麼輕易搞到這一千萬。」

三木露出靦腆笑容。

阿杉把口紅收進包包，接著以嬌媚眼神望向三木。下一秒，他趨向前，抱住三木，吻了他一下。

三木將阿杉輕輕推開，說：「在公開場合別這樣。」

阿杉露出不悅表情，說：「是你說過的，只要錢一到手，你就會愛我的。」

「我知道啊，」三木說，「但這裡是公開場合。」

「什麼公開場合，這裡連一個人的屁影也沒！別擔心啦。這陣子看你跟瑪莉羅那麼要好，我忌妒得都快死了呦！」阿杉說。

「一切都是手段而已。」三木說。

阿杉忽自包包裡拿出一本畫冊，丟到地上，說：「這也是手段嗎？」

三木垂眼看畫冊一眼，訝道：「你為何有這本畫冊？你潛入我的房間？」

「這些不重要，如同你說的，只是手段而已。」阿杉說，「重點是，你為何替她們畫裸圖？這並不在我們計劃中啊。那些被你畫裸圖的人，包括美華和雅仁，肯定都在你那裡過夜吧？你不要騙我，三木，我瘋狂地愛著你，請你不要騙我……。」

三木聳聳肩，說：「那些只是圖而已。」

「在這段期間，你是不是跟她們上過床？」阿杉激動地問，「是不是？」

「這不關你的事。」

「好吧，我知道你很骯髒、是個垃圾！但這一切我都不在意了，而且我也已解決我們之間的最大麻煩了。」阿杉說。

「我們之間的最大麻煩？」

「美華呀。你別以為我笨，我看得出你對美華是有感覺的，所以呀……。」

「你……你你……對她做了什麼？」

「你結什麼巴啊？現在還演？」阿杉嬌笑一聲，「我能對她做什麼呀！你也知道，我是女孩們的閨密，她們都對我百分百『信到』，我只向她透露你有多爛而已，要她別對你執著，要她去找自我。你也知道女人有多好哄，只要講一些心靈slogan，你立刻能改變她們。」

「我還以為你把她給殺了呢，嚇死我了！」三木露出俏皮笑容，接著又說：「難怪最近在Line上都找不到她，你知道，我現在每天吃肥肉，但偶爾也想吃瘦肉啊……你也知道，雅仁又太老了。說到雅仁，那老女人自從跟我玩過一次後，天天Line我要求跟我再玩，甚至還跟我說，她打算全力支持我跟瑪莉羅結婚，未來比較方便咧！那女人真的超賤！」三木說這話時，一臉志得意滿，令阿杉感到反感，但阿杉卻無法否認三木無論什麼表情都十足吸引他。

「雅仁甚至還說，以後我跟她可平分羅老頭的財產。媽的，那女人真夠無恥的。還有，我幹嘛得跟她平分……我傻啦！」

阿杉白了三木一眼，說：「若瑪莉羅知道你的真面目，真不知道她還會不會如此迷戀你呢。」

三木摸摸下體，淫笑說：「有這個，應該還會吧！你可別小看它呢！而且你知道，這都是我的真面目；我憨厚的樣子可非演戲，那是另一部分的真實的我。且若你研究過梵谷，你就會知道，他也是雙面性格的。」

阿杉嘆口氣，說：「少來了，別老扯梵谷，你還真以為你梵谷轉世啊！不過就算你演技很糟，我還是比較喜歡裝憨厚的你呦。然而這一切都不重要了，最重要的是當下，還有我們的未來，對不對？錢已到手，從現在開始，你必須按照約定，我們得去非洲，而我們在非洲的這段期間，你只能愛我一個人。」

三木這時搖搖頭，從口袋掏出所剩無幾的 M&M's 巧克力，一面吃一面說：「對不起，計劃改變了……。」

「計劃改變了？你什麼意思？」

三木說：「你知道，最近我受我那死去的老朋友啟發——我在替他速寫時，他曾告訴我『人生短暫，要懂得珍惜身邊的人。』我覺得這話很有道理，簡直可說我被這句話給教化了。只不過老先生說得客氣，『珍惜』是美化語，『利用』才是他真正想說的話吧。你也知道他太太多富有，過去他正是從他哥手中搶走老太太，才一輩子過得舒舒服服。所以我現在認為，人生中若有個有錢伴侶也許是一件很棒的事。我想瑪莉羅是個善良女孩，且她老爸的確超級有錢，她也的確很愛我，所以我打算假戲真做，繼續這計劃，帶她去非洲隨便逛逛，也許回來後，我能繼承她老爸事業。你知道我並非貪錢，但有錢的話，我能安心畫圖，且藝術是需炒作的，我需要錢來炒作我的作品價值。」

「三木，你太過分了！」阿杉說。

「這一切都是為了藝術！這句話不是你說的嗎？阿杉，這樣吧。我知道你對我很好，也非常非常非常感謝你替我弄到錢，但我不愛男人，無法愛你。別說我冷血，這些錢你你你……拿拿……拿去一一……半吧！」三木在句尾故意結起巴來。

「我一點也不在意錢，我只在意你……，」阿杉忽哽咽，說：「過去你沒錢時，是我招待你吃飯、替你付租金，沒人願讓你畫圖時，是我四處拜託人讓你畫，甚至花錢請模特兒假扮你的客人呦，後來你說你需一千萬去非洲，我於是設局、下藥陷害我最好的朋友，只為替你籌旅費，替你圓夢想呦。三木，我替你做了這麼多，你難道一點都不感動嗎？」

「我很感動，真的！但感不感動是另外一回事，感情是不能勉強的。」三木說，丟一顆 M&M's 巧克力入嘴。

「是你說錢到手後，你會試著愛我的……，」阿杉又說，「且過去你替我速寫時，你說我的笑容很好看。我們認識後，你說我的個性溫柔又體貼，若我是女人，你會愛我的……。」

「那也要你真是女人才行啊！」三木說，「瑪莉羅就算又肥又醜，但至少她有嗯……就別說太明，我想你懂，且瑪莉羅配合度高，跟她做比跟美華還爽哩！」

「三木你好過分……，」阿杉轉身，捧著臉啜泣，「你為何要欺騙我……為何要耍我……是你說只要我幫你搞到一千萬，你就會愛我的，你為何反悔？」

三木聳聳肩，說：「我絕非故意欺騙你，只是，你是個男人……你能換位思考嗎？你能愛上女扮男裝的女人嗎？而且你不是說我很爛？我真的很爛！是個垃圾，真的不值你愛啦。而且有了這些錢，你可在別處找到愛情，就別執著在我身上了。」

阿杉仍啜泣著。

三木這時收起戲謔態度，認真強調：「感情真的是不能勉強的……但我非常珍惜我們之間的友誼，也很謝謝你，希望你能諒解。」這時三木從阿杉背影看見他彷彿在說電話，但也不太確定就是。

半晌，阿杉轉過頭來。滿臉淚痕的他說：「那至少……可讓我好好吻你一下嗎？一次就好。」

三木聞言，露出為難表情，但一會後又點頭默許。

「可以請你閉上雙眼嗎？」阿杉又說。

三木將雙眼輕閉上。

下一刻，三木感覺嘴唇被人輕輕吻上。他知道是個男人在吻自己，忍不住皺起眉來。

但那個吻很快結束。

當三木打算睜開眼時，忽覺心臟一陣劇痛，接著一股強烈力量把他往後推，讓他背部直接撞上身後桃樹。當他把雙眼打開時，映入眼簾的是男扮女裝的濃妝阿杉的猙獰的一張臉。

「好可怕的妖怪！」三木心裡想。

這時，阿杉卯足全力把雨傘尖頭往三木的心臟裡鑽。在三木感覺心臟被刺破之際，阿杉把雨傘拔出，血霧噗地一聲噴了出來。滿臉是血的阿杉此時已完全喪失心志，他再一次將雨傘尖頭往三木左胸刺入，即刻拔出，再刺入，又拔出，又再刺入……。

毫無防備之心的三木根本無力招架，在心臟遭受攻擊後，只看見鮮血恍若噴霧一般顯現於他眼前，接著身子漸漸無力……。

最後，阿杉以手緊勒三木頸子，讓意識模糊的他真正走入昏迷。

三木倒下後，阿杉跪了下來，捧著臉用力哭泣一陣。

哭完後，他深吸一口氣，讓心情平靜下來。接著把三木衣褲全部脫掉，像隻小鳥一般，側躺在渾身是血的三木身旁。他對已昏迷的三木說了一些話後，嘻嘻笑了起來（猶如三木說了什麼笑話一般），接著又把三木滿是血的手放在自己臉上，並喃喃唸著：「總算你已屬於我了，其實我一直知道你愛我呦，只是你不願承認，但現在我已把我們之間的障礙排除，你可放心愛我了，對吧，三木歐巴？」

半晌，他坐起身子，往另一面倒去。

這時的他，面對著三木下體。臉上已不再有悲傷之情，取而代之的是一張略帶羞澀感的幸福微笑臉龐。

雨持續下著，三木的血液憑藉雨水力量，把地面渲染一片，點綴其中的 M&M's 巧克力猶如紅色夜空中的彩色星星，只是稍顯黯淡，畢竟巧克力不發亮嘛！

完事後，阿杉的下個動作很令人費解，他竟一撮撮拔下三木陰毛，並放在鼻子前用力嗅過後，再塞入口袋。接著他知道自己沒時間再哀悼，於是站起身子，確認四下無人後，依依不捨地將三木推入湖中。

他把美金帶走，但留下行李箱，他知道行李箱上會有證明其他人存在的證據，並將雨傘用湖水仔細清洗過一遍後，再隔著手帕把雨傘扔在血灘上，並用腳滾動，以讓雨傘沾滿血跡。他知道缺少兇器的命案難以定案，也知道自己的指紋絕不能留在上頭，而他也知道，班加多擁有多把同款式、同顏色的雨傘。離開現場後，他在附近的公共電話亭，裝做女人聲致電警局，密報自己在落葉湖畔目睹凶殺案，而凶手為一名東南亞籍的男人。

「所以一個為情騙人，另一個為財唬人，而最終得不到情的那人殺了騙財的人。」嘴上叼根菸的阿侑問，「這件事大概是這樣吧？」

「大概是如此。」靈媒 Mei 說，「對你而言，裡面最可憐的人是誰？」

「大概是那胖女孩吧。既失財，也得不到情，還遭好友背叛……。」阿侑說，吐口煙霧。

「那男孩只是貪財，卻失去生命，不更可憐？且那女孩未必沒得到情啊，難講那騙財的男孩一定沒愛她。其實殺人的男孩也可憐，要不是他遭背叛，付出的一片真情化成空，也不必殺人啊。唉，說穿了，人人都有藉口；若別人贊同，那藉口就成了站得住的理由，若非，無論如何，都是一種狡辯。」靈媒 Mei 說，「總之，人生就如那男孩愛吃的 M&M's 巧克力一樣，儘管表皮顏色不同，裡面包的都是黑黑、像大便一樣的巧克力。」

「這句話是不是在哪部電影裡出現過啊……？」阿侑搔頭苦思。

「《阿甘正傳》嗎？Life is like a box of chocolate 什麼的……你這年紀能知道這句話還真難得呀！」靈媒 Mei 說，「不過我不喜歡這句話，總感覺太美。若改成人生是一盒狗屎的話，我大概比較喜歡一點吧。」

這比喻讓阿侑忍俊不禁。半晌，他說：「講來講去，人活著好像不是為錢就是為情，這兩者讓世間多少人執迷不悟啊……。」

「你才幾歲，不要說話像個老頭子一樣，你要知道，世故是不討喜的。」靈媒 Mei 也忍不住笑了。

「說的也是。」阿侑搔搔頭說。

這時，他們耳邊傳來噴嚏聲，原來是那隻白色波斯貓開始打起噴嚏。

「啊，我們都忘了伊莉莎白，阿侑，快去熱點牛奶給伊莉莎白吧！牠看來就快冷死了。」靈媒 Mei 說。

阿侑快步跑向吧台，從冰箱拿出鮮奶，放進微波爐加熱。一會，他拿出熱過的鮮奶，走向伊莉莎白時，忽在門口止步，一副若有所思的模樣。

「怎麼了嗎？」靈媒 Mei 問。

「沒什麼。」阿侑看著天光微熹的街道說，接著伸手把「營業中」的門牌翻面。

於是，Mei 酒吧這天的營業，就這麼走到了終點。

「酒吧既已打烊，故事當然也結束了。

「故事一旦結束，對我們而言，猶如一個被打包妥善的行囊，我們或許會將其置於一個暗暗的角落裡，但絕不會澈澈底底忽視它的。

「當我們寂寞時，總可再將行囊打開，那裡肯定會有那麼一點點值得懷念的存在，例如一條金色鏈子、一瓶威士忌，或者只是一個搔鼻子的動作……。

「當那麼一點的懷念重現於我們心裡時，我們的情緒或許就能被推回到最初的原點，得以再次感受那原本的感動——儘管也許是悲傷的。

「或許梵谷說的沒錯吧，悲傷確實永續留存，但我們總可再次打包行囊，嘿，或許這次我們就這麼揹在身上吧，然後再若無其事地——強顏歡笑或許過頭了——繼續我們的人生。」

尾聲

「這下子，故事總算結束了吧？」老闆問。

我點點頭。「雖尚未收尾，但大概是如此，你們覺得這故事如何？」

「如你開頭所說的吧，好像少了點什麼。」老闆說。

「的確。」我說，「這也正是我今晚來這裡的原因，我希望自己可看見那些失落片段。」

「所以，你看到了嗎？」口罩女問。

「還沒啊。」我說，「而且今晚我都在跟你們分享故事，沒時間思考或尋找那些失落片段，不過不要緊，反正不急，距截稿日期，還有一個月。」

「對了，你們還記不記得我們的哏？」口罩男忽問。

「對啊，」口罩女也說，「我們的哏。」

「你們的哏？」我摸不著頭緒。

口罩男點點頭，接著看了一眼口罩女。

女鬼小姐以及老闆同時露出不解神情。

「對啊！我想起來了，我記得你們在前頭說過，你們也有哏的，」老闆恍然大悟，「故事都結束了，你們的哏到底在哪裡？」

口罩男忽站起身子，從他綠色大衣裡掏出那把剛曾落地的黑槍，說：「很抱歉，今天我們來這裡，是打算搶劫的。」

口罩女隨即也站起身子，同樣拿出一把黑槍，說：「是啊，我們來搶劫的。」

「這是笑話嗎？」老闆問。

口罩男將槍瞄準窗外，砰地一聲開了一槍。下一秒，隨即傳來玻璃碎裂聲，甚至也有貓的哀嚎聲，。

「總算！」老闆忽然說，「那隻該死的黑貓……。」

口罩男看了老闆一眼，說：「我想這下子你們應知道，我們不是開玩笑，所以得麻煩你了。老闆，請把櫃檯裡的錢全給我們吧。」

口罩女這時從包包裡拿出一個白色小布袋，扔到老闆面前，說：「把所有的錢裝進去，記住，我們的低消是三萬元。」

老闆低聲咒罵一聲，心有不甘地走向櫃檯，叮一聲打開收銀機，將所有錢取出，裝進布袋裡，又折回來，把布袋扔給口罩女，說：「喏，我只有這些而已。」

口罩女將布袋打開，說：「這麼少？」

「我一天現金就這麼多。」老闆無奈地說，「你也知道，生意不好做啊。」

口罩女又把布袋丟給女鬼小姐，說：「把妳身上的錢也放進去。」女鬼小姐搖搖頭，表示自己身上分文未有。

「那把妳脖子上的金項鍊丟進去！」口罩男說。

「那可是我們的定情物啊。」老闆說。

「我管你什麼定情物，」口罩男說，「總之，丟進去！」

女鬼小姐只好照做。

「女鬼小姐，現在請把布袋丟給作者先生。」口罩男又說。

女鬼小姐把布袋扔到我面前。我拿起布袋，打開，把皮夾裡的三千元扔進去，說：「我只有這麼多而已。」

口罩女把布袋取回。口罩男忽以手指指著我。

「怎麼了？」口罩女問。

「你有隨身碟嗎？」口罩男問我。

「有啊。」我說，從口袋拿出一個 128MB 的隨身碟，「可是這已很老舊了，容量也超小的，你不會連這也要吧？」

口罩男接過隨身碟後，走到我旁邊，將隨身碟插入電腦。我看見他將我桌面上的「Starry Starry Night」檔案剪下，另存到隨身碟裡，又把隨身碟遞給我，說：「我們不搶故事。」然後一把拿起我的筆電，蓋上螢幕，夾在腋下。

口罩女這時忽然說：「各位，很不好意思，我們實在走投無路，才出此下策，謝謝你們的貢獻。另外，作者先生，很感謝你的故事，我非常喜歡，尤其喜歡班加多的角色。」

「謝謝妳的欣賞。」我說。

「走啦！」口罩男不耐煩地說。

口罩女在離開之前，向我們彎腰敬禮。

兩人隨即快步離開咖啡館。

他們離開後，老闆看著我，露出苦笑。

我也露出苦笑。

「大家沒事就好。」女鬼小姐說。

「是啊，」我說，「沒事就好。」

「要是我年輕十歲，他們絕非我對手。」老闆嘆口氣說。話音才落，門又被打開。口罩男和口罩女又走了進來。

老闆見狀，忽面露戾氣，吼道：「你們還想怎樣？錢也拿了、項鍊也拿了，甚至連作者先生的電腦也搶走，還不夠嗎？」

手上仍拿著槍的他倆面面相覷，一副不知所以然的模樣。

「你們到底要幹嘛？」這回換女鬼小姐吼。

「我們也不知道，」口罩女說，「外面一片黑，好可怕，就剩咖啡館裡有燈光，我們也只好返回。而且好奇怪，我們一走出去，兩人都忘了我們該去哪裡……。」

下一秒，口罩女忽嘩地一聲哭了出來，並直用槍柄敲口罩男的頭：「都是你、都是你……你若不搞一夜情，被人陷害，讓人坑走家產，害得我就連懷孕也得跟著你搶劫……都是你這個王八蛋、死王八蛋，天殺的王八蛋……！」

這下子，換我們面面相覷。

我口袋裡的手機此刻忽響起。

他們全往我看來。

「對不起，各位，」我說，「我接個電話。」

電話那頭是個女人聲，連招呼都沒打，劈頭就問：「喂，你任務搞定了沒呀？」

「快了吧。」我說，「就差最後一個步驟了。」

「趕快搞定吧。」她又說，「那客戶追得急，他房子未來還想租人呢！」

「好的、好的。」我連忙說，然後掛上電話。

他們幾個仍盯著我。

「對不起，那是我的仲介，替我拉生意的。」我說。

「生意？」老闆看著我問，「作者先生，你何時做起生意了？」

「沒事，我的事不重要。」我說，「先專注在你們身上吧。」

「是啊，」老闆說，轉身看向口罩夫婦，問：「你們這兩個王八搶匪，到底為何又回來？還搶不夠嗎？這世界難道沒有王法嗎？」

他們倆縮縮脖子，一臉無辜樣。

「等等。」我說，「老闆，你先別生氣。」說完，我拿起桌上報紙，遞給他。

他接過報紙，問：「怎麼？你給我報紙幹嘛？」

「你打開看看，自然會明白的。」我說，「你們大家也一起看吧。」

老闆一面翻著報紙，一面唸：「選舉、選舉、選舉，淨是無聊的選舉新聞……校長的一封信……非洲烏干達的瞌睡病……，」說到這時，他抬起頭，問我：「你要我看什麼？」

「再翻一頁。」我說。

他照做。

「口罩鴛鴦大盜，專門打劫咖啡館……，」他唸道，然後抬起頭，看著我，問：「這篇嗎？」

我點頭，他又低頭讀報，其他人也湊過去一起讀。

他們幾個讀畢後，抬頭看我，露出不解神色。

我露出笑容，說：「你們順便也看看報上日期，那可不是一份未來報紙啊。」

他們仍一臉迷糊。

這時，老闆猶如忽頓悟一般，冷不妨用拳頭用力敲了口罩男的頭，說：「所以你真他媽向我開槍啦？」

「對不起……真的對不起……。」口罩男連忙彎腰道歉。

女鬼小姐這時也敲了口罩女的頭，說：「妳對我開槍也就算了，就連我的狗也不放過？」

「對不起……對不起……。」口罩女也彎腰道歉。

「可是後來你們為何朝對方開槍？」我問口罩夫婦。

口罩男聳聳肩，說：「也許是畏罪吧，但又沒勇氣朝自己開槍，只好互相開槍了。」

「就算你們互相開槍又怎樣？槍拿來！」老闆一把搶過口罩男手上的槍，然後分別朝口罩男及口罩女的頭部各連開兩槍。

滿頭是血的他倆仍彎著腰道歉著，血混合著腦漿直從他們腦門往下掉。落到地面時，還發出啪噠啪噠聲響。瑪雅見狀，立刻上前舔拭。

老闆仍氣憤難耐。

「你們慢慢談吧，我得去廁所。」我說，「尿急了啊。」

「你去吧，作者先生，反正這一切也不干你的事。」老闆說。

我聳聳肩，然後走進廁所。

我在小便斗上完廁所後，轉過身來，卻被鏡子裡的自己給嚇了一跳。我不禁噗哧一聲笑了出來，覺得身穿紫色西裝、頭戴金色遮陽帽的自己還真詭異，此外，臉上的濃厚小丑妝也實在太嚇人了。

既然任務已結束，我趕緊用清水將臉洗淨。

走出廁所時，咖啡館內一片黑暗，他們幾個也理應如此消失了。

窗外此刻傳來嘩啦嘩拉聲響，我朝窗外望去，原來又下起大雨了。

我將筆電用塑膠袋包妥，放進電腦包，再揹起，往門口走去，一面以口哨吹著

〈Starry Starry Night〉。步出大門時，再將那黃色亮面的封鎖線輕輕拉起，低頭走了出去。

當我抵達馬路邊時，雨水直落在我頭上。這時，一身淡綠色洋裝的靈媒 Mei 與懷中抱著依莉莎白的阿侑向我走來，並替我撐傘。令人莞爾的是，那正是一把鮮黃色雨傘呢。

「今晚怎麼搞得那麼晚？」靈媒 Mei 問，「有失你平常的水準哦。」

「這次的數量比較多嘛。」我說。

「若搞不定，下次可找我們幫忙呀！」靈媒 Mei 又說。

「不管怎麼樣，總算搞定了。」我說。

「話說回來，這間 Jake's 咖啡館還真邪門！」靈媒 Mei 說，「這樣算算，已是第四任經營者死於非命了吧？」

我點點頭。

「真是個鬼地方！」阿侑也說。

這時我們耳邊傳來貓叫聲，我原以為是阿侑懷裡的伊莉莎白，但牠正睡著呢。

面對我的阿侑指指我身後的 Jake's 咖啡館，我回頭一看，發現裡頭仍然漆黑一片。

但仔細一看，的確，那隻黑貓又出現了。只不過這回牠站在窗戶內側，依然靜靜坐立著，一動也不動地。

作者注

1 梵谷遺言據傳有兩句，此為其一；另一句為「但願我能回家去」。

2 參考梵谷 1888 年作品〈步兵〉。

3 參考梵谷 1889 年作品〈綁繃帶的自畫像〉。

4 參考梵谷 1884 年作品〈原野中的舊塔〉。

5 參考梵谷 1888 年作品〈夜間咖啡館〉。

6 參考梵谷 1887 年作品〈戴草帽的自畫像〉。

7 參考梵谷 1888 年作品〈露天咖啡座〉。

8 參考梵谷 1888 年作品〈盛開的桃花〉。

9 參考梵谷 1882 年作品〈在永恆的門口〉。

10 參考梵谷 1882 年作品〈莎揚坐在靠近火爐的地板上拿雪茄〉。

11 印尼文，意為「哥哥」。

12 參考梵谷 1889 年作品〈向日葵〉。

13 參考梵谷 1890 年作品〈麥田群鴉〉。

黑人梵谷

作者　馬卡

發行人　林敬彬
主編　楊安瑜
副主編　黃谷光
責任編輯　黃谷光
內頁編排　黃谷光
封面設計　何郁芬（小痕跡設計）
編輯協力　陳于雯、曾國堯

出版　大旗出版社
發行　大都會文化事業有限公司
11051 台北市信義區基隆路一段 432 號 4 樓之 9
讀者服務專線：(02)27235216
讀者服務傳真：(02)27235220
電子郵件信箱：metro@ms21.hinet.net
網　　址：www.metrobook.com.tw

郵政劃撥　14050529 大都會文化事業有限公司
出版日期　2016 年 03 月初版一刷
定價　280 元
ISBN　978-986-6234-95-8
書號　Story-23

First published in Taiwan in 2016 by Banner Publishing,
a division of Metropolitan Culture Enterprise Co., Ltd.

4F-9, Double Hero Bldg., 432, Keelung Rd., Sec. 1, Taipei 11051, Taiwan
Tel:+886-2-2723-5216　Fax:+886-2-2723-5220
Web-site: www.metrobook.com.tw
E-mail: metro@ms21.hinet.net

Cover Photography: shutterstock / 188263940

國家圖書館出版品預行編目（CIP）資料

黑人梵谷 / 馬卡著
-- 初版. -- 臺北市：大都會文化, 2016.03
240 面；21×14.8 公分.

ISBN 978-986-6234-95-8（平裝）

857.7　　105002414

大都會文化 讀者服務卡

書名：**黑人梵谷**

謝謝您選擇了這本書！期待您的支持與建議，讓我們能有更多聯繫與互動的機會。

A. 您在何時購得本書：______年______月______日

B. 您在何處購得本書：____________書店，位於____________(市、縣)

C. 您從哪裡得知本書的消息：

1.□書店 2.□報章雜誌 3.□電台活動 4.□網路資訊

5.□書籤宣傳品等 6.□親友介紹 7.□書評 8.□其他

D. 您購買本書的動機：（可複選）

1.□對主題或內容感興趣 2.□工作需要 3.□生活需要

4.□自我進修 5.□內容為流行熱門話題 6.□其他

E. 您最喜歡本書的：（可複選）

1.□內容題材 2.□字體大小 3.□翻譯文筆 4.□封面 5.□編排方式 6.□其他

F. 您認為本書的封面：1.□非常出色 2.□普通 3.□毫不起眼 4.□其他

G. 您認為本書的編排：1.□非常出色 2.□普通 3.□毫不起眼 4.□其他

H. 您通常以哪些方式購書：(可複選)

1.□逛書店 2.□書展 3.□劃撥郵購 4.□團體訂購 5.□網路購書 6.□其他

I. 您希望我們出版哪類書籍：（可複選）

1.□旅遊 2.□流行文化 3.□生活休閒 4.□美容保養 5.□散文小品

6.□科學新知 7.□藝術音樂 8.□致富理財 9.□工商企管 10.□科幻推理

11.□史地類 12.□勵志傳記 13.□電影小說 14.□語言學習（_____語）

15.□幽默諧趣 16.□其他

J. 您對本書(系)的建議：

____

K. 您對本出版社的建議：

____

讀者小檔案

姓名：______________ 性別：□男 □女 生日：____年____月____日

年齡：□20歲以下 □21～30歲 □31～40歲 □41～50歲 □51歲以上

職業：1.□學生 2.□軍公教 3.□大眾傳播 4.□服務業 5.□金融業 6.□製造業

7.□資訊業 8.□自由業 9.□家管 10.□退休 11.□其他

學歷：□國小或以下 □國中 □高中／高職 □大學／大專 □研究所以上

通訊地址：____

電話：（H）______________（O）______________ 傳真：______________

行動電話：______________________E-Mail：______________________

◎謝謝您購買本書，歡迎您上大都會文化網站（www.metrobook.com.tw）登錄會員，或至Facebook（www.facebook.com/metrobook2）為我們按個讚，您將不定期收到最新的圖書訊息與電子報

北區郵政管理局
登記證北台字第9125號
免　貼　郵　票

大都會文化事業有限公司

讀　者　服　務　部　　　收

110台北市基隆路一段432號4樓之9

寄回這張服務卡〔免貼郵票〕
您可以：
◎不定期收到最新出版訊息
◎參加各項回饋優惠活動